【熱賣第二版】

作者：鬼差
出版：超記出版社（超媒體出版有限公司）
地址：荃灣柴灣角街 34-36 號萬達來工業中心 21 樓 2 室
電話：（852） 3596 4296
電郵：info@easy-publish.org
網址：http：//www.easy-publish.org
香港總經銷：聯合新零售（香港）有限公司
上架建議：靈異故事
ISBN：978-988-8839-21-6
定價：HK$98

Published in Hong Kong

目次

【慘案凶宅篇】

【猛鬼交通篇】

【陰邪地點及怪異傳聞】

目次

【藝人撞鬼篇】

【凶煞校園篇】

【恐怖禁忌篇】

目次

慘案

凶宅篇

假如有一天，大家出門搭升降機時，發現有具無頭男屍站在你面前會怎樣？1985年確確實實發生了這樣的怪事！

香港的樓租越來越貴，上不到公屋，又不想捱貴租，最好的方法就是住凶宅。但凶宅未必是個個都住得起，一個不小心，可能會連命都無……

猛鬼屋村——華富村

60 年代時，華富邨曾是一個亂葬崗，本是陰間的鬼魂的棲身之所，當年興建華富邨時，傳聞在亂葬崗中，尚留下一副棺材無人敢移走，因為只要觸摸這副棺材，必生大病。

猛鬼棺材，一踫即有事

當初建華富邨時，本想在那副「猛鬼棺材」的位置，開出一條通道，讓邨民路路暢通，但是當有人想移動棺材時，結果都會一一出事，不是病倒，便是有意外發生，因此只好封起這副棺材的附近一帶，免得有人不小心接近，而惹上災禍。

跳樓集中地

提到華富邨的怪異事件，大家一定會想起跳樓集中地——華貴邨。曾有一段時間經常有人山長水遠，走到與華富邨相距一條天橋的華貴邨跳樓自殺，作為人生的終點站。傳聞這是因為有鬼魂要找替身來投胎輪迴，於是當有人想自殺了結自己的生命時，鬼魂都會將人們引到這塊「福地」尋死。

靈異志樂別墅

傳聞，多年前曾經有一隊攝製隊到志樂別墅取景，並發生了怪事。當晚，攝製隊一伙人在別墅留夜，結果第二天早上，他們竟然發現自己及所有拍攝器材，全部被搬到花園中的金龍水池旁！

此外，曾經有一群想進去冒險的年輕人，正在屋外躊躇著應否入去時，竟然看見在花園的不遠處有一個「人」向他們揮手，彷彿示意叫他們過去一樣，就在那個時候，其中一人看見屋裡竟然亮著了燈……一間荒廢已久，破落不堪的大屋，怎會有燈光呢？

恐怖的電話聲

那群年輕人最終還是走進大屋內，只見屋內一片頹垣敗瓦，牆壁上的石灰大部分已經剝落了，四周都零碎地散佈著各種傢俬的殘骸。甚至有人聽到一陣古老的電話鈴聲，是從二樓傳來的！他們走上二樓查看，結果又是看到一片頹垣，甚麼都沒有，但電話鈴聲還是依舊的響著……

離奇出現的臉譜

很巧合地，他們當中有幾個人都不約而同地在花園的一棵樹上看到一團白色的橢圓形物體，最初的時候，大家都以為那是汽球或是膠袋之類的物品，但他們細心一看，那是一張臉譜！他們都看見臉譜慢慢地轉過來面對他們，臉譜那雙血汪汪的眼睛更是盯著在場每一個人……有人曾經為那棵樹拍過照片，當照片曬出來了，他們竟然發現照片中多了一個人！那個人身穿破爛白衣，披頭散髮，這個人「人」到底是誰呢？

在入屋之前，有人曾在傳聞中最鬧鬼的工人房內，放下了一支錄音筆，當他們從新回到工人房後，竟然發現錄音筆有被移動過的跡象。他們打開錄音筆，發現錄音筆竟然錄到一種類似哀號、啼哭、嘶叫等怪聲……

其中一組探險隊在進入屋之前及在探險完後，都表示看見一名中年男子悠然地住坐在屋外路旁的欄桿上，並一直微笑著注視他們離開。大家估計那個男子是住在附近的居民，又或者是路過那裡想散步的人，但後來有隊員發現，他們拍了幾張屋外環境的照片，竟然都無意拍到這名男子，在照片中赫然發現男子竟沒有下半身……

鬧鬼勝地長洲凶宅

一講起長洲，相信大家都會不約而同地想起熱門的鬧鬼勝地——東堤小築。曾經有一段時間，很多人紛紛到東堤小築自殺，原來是因為冤死鬼為了搵替身？有傳東堤小築因為風水原因，成為陰邪聚居之地，所以積聚了很多鬼魂。

在多年之前，曾經有一個婦人帶同親生女兒在東堤小築燒炭自殺，自此，每年都會有人山長水遠租住度假屋自殺，令東堤小築充滿難以言喻的神秘色彩。

但原來除了東堤小築，長洲著名的鬧鬼勝地還有紅梅山莊！

荒廢紅梅山莊同樣猛鬼

也許大家不知道，其實紅梅山莊是一間荒廢多年的破屋，位於東南方的山頂上。

▲ 唔講唔知，原來紅梅山莊一樣猛鬼！

傳聞在多年前，一對年輕人在閒逛時無意中逛到紅梅山莊，當時已經是黃昏的時分。當時，其中一個年輕人突然加快腳步，急急落山。

當他們下山後，那個年輕人才說出：「當時行過紅梅山莊，本來應該破破爛爛的廢屋竟然變得十分光鮮整齊，荒蕪的花園一點也不破損！而且更有完整的噴水池，仲有一個小孩坐在池邊望著我……」

一家四口曾空難慘死

紅梅山莊即使變成荒廢的破屋，但鬧鬼的傳聞應該不會鬧得如此沸沸揚揚，究竟紅梅山莊曾經發生過甚麼事呢？

原來在很久以前，紅梅山莊住着一家四口，他們的生活十分幸福，但這一家人卻在旅遊期間遇上空難，全家罹難！自此，紅梅山莊便無人居住，日子漸久就成為了破爛的廢屋……

慘死的一家人究竟是不是因為不捨得自己的「家」？還是紅梅山莊內有不可告人的秘密，所以才死守住這個山莊？

恐怖密室凶宅荔景邨

香港的公屋大部份都有 2、30 年的歷史，因此發生各種靈異事件的個案也特別多。很多所謂的凶宅都是因為發生過凶殺或自殺案，事後傳出各種鬧鬼傳聞，但這些單位後來都會再讓其他人居住，真正空置起來的極少。

其中荔景邨的某一個單位，在發生凶案後接二連三傳出恐怖靈異傳聞，更嚇得同層其他單位的人也陸續搬走，事發的單位最後要用水泥及石屎封住門口，從此沒有人再可以進入單位，令它成為「密室凶宅」……

沒有人可以住得長過一個月

大概 30 年前，在荔景邨發生了一宗極為恐怖的凶殺案！事發單位當時住了三母女，其中一名女兒跟男友情海翻波，最後男友竟然持刀行凶，無情斬殺兩姊妹，最後兩人傷重死亡。

當年這宗凶殺案是香港人所皆知的頭條新聞，這個單位經過翻新後，房屋署決定將單位轉租給其他住客，但經過多次的轉租，根本沒有任何人可以住得長過一個月，更有住客是入住當晚便漏夜走人！

半夜聽到高跟鞋聲

凶案單位固然生人勿近，隔離鄰舍同樣遭殃！

據説，當年凶案單位附近有十多戶鄰居，就只有被殺害的其中一名少女會穿高跟鞋出入，但事後竟有人仍然聽到有人穿著高跟鞋在走廊行走，聲音由樓梯口一直到事發單位附近便消失，日日如是，這種情況更讓部分住客驚得搬走。

深夜時份傳出女人爭吵聲

雖然到後來單位門口被封實，亦都切斷了水電，但事發單位的左右住戶及樓上樓下單位的住客，在深夜時份仍然聽到肇事單位傳出電視聲以至開關水喉的聲音，甚至更有人聲稱聽到單位內傳出兩把女人交談及爭吵的聲音……

▲ 案發單位已被封成「密室」，但仍聽到有電視聲及說話聲……

鬼魂煮飯

九龍城寨從前被認為是早年香港的一個三不管地帶，龍蛇混雜，不少作奸犯科的事，都在這個舊樓林立的地方發生，也發生過很多靈異事件。雖然整個城寨已在 1993 年全部清拆，變成現時的九龍城寨公園，但仍在香港人心中留下回憶。

其中一個恐怖靈異故事，就是發生在城寨內的一個舊單位，由當年流傳至今，更成為其中一個最引人入勝的都市傳說……

九龍城寨環境異常惡劣，寨內有極多環境差劣的食物加工廠，由於環境惡劣，再加上當年魚蛋工場的製品都是用死魚所製，因此加工廠常有臭味，而事發單位正正是魚蛋加工場的樓上。

話說有一個單位傳出臭味，臭味越來越強烈，終於有住客難忍惡臭而報案。警員到達四樓單位門口，其中一名經驗豐富的警察更指出那些是屍臭味。警員不斷拍門，惟單位內無人應門，正當他們想放棄之際，卻聞到了一陣陣的飯香。

母親已死亡超過一個月

此時，有一位大概六、七歲的小女孩打開了門，屋內隨即傳出更強烈的惡臭，甚至有人開始嘔吐大作。警員問小女孩家中有沒有大人，女孩只說她的媽媽不舒服，正在房間休息，說罷就開門讓警員入屋。

警員入房後，竟然發現一名全身發黑，甚至已經流出屍水的女性躺在牀上，估計已死超過一個月！原來臭味就是從這條屍體傳出的。而屋內還有另一名小女孩在做功課，眾人感到奇怪，為甚麼兩姊妹似乎都對屍體的臭味不感困擾？

此時，應門的女孩更説：「媽媽話唔舒服，叫我們自己食完飯之後去返學。」

誰煮的臘腸蒸飯？

警員抱著半信半疑的心態走進廚房，竟發現剛剛煲好的臘腸蒸飯，小女孩更説那是媽媽做的，並説媽媽剛做好後便入房休息，隨即便是警察叔叔來拍門。

經警方查探得知，兩姊妹的媽媽是非法入境者，3 母女早被父親遺棄，一直在九龍城寨居住很少外出。他們並沒有親戚、朋友，所以肯定不是會有親友上來照顧過兩個幼女。甚至警員問兩個幼女是誰照顧她們，她們都堅稱是媽媽……

電梯無頭人

假如有一天，大家出門搭升降機時，發現有具無頭男屍站在你面前會怎樣？1985 年確確實實發生了這樣的怪事！

當年 7 月，深水埗北河街就發生了一單「無頭公案」，當時一名女子正要出門搭電梯之際，卻在電梯門口發現一無頭身軀一直噴在濺血，很痛苦地掙扎。良久之後才倒地不起，而人頭卻不見了！

據聞，那名死者本身是一名電燈技工，當時的升降機是舊式的，舊式的升降機有個小圓窗，讓人可以從外面看到升降機入面。而那人的死因，正是因為貪方便，所以把頭伸進圓窗內檢查電路，不過他卻沒有留意到上面有升降機下來，結果頭顱當場被鍘斷，而其人頭就這樣跌入電梯槽裡面。直到警察到場檢查電梯槽，才成功將人頭找回來。

自此該棟大廈就傳出經常有無頭人出現……

▲ **無頭鬼不斷出現，莫非是想找替身？**

猛鬼凶宅南固臺

南固臺原是一名香港富商所建的豪宅，後來被日軍用作慰安所的貴賓廳。現在的南固臺已經被列為一級歷史古蹟，現時已用作保育用來重建活化。它有「鬼屋」之稱，更被譽為是灣仔區最猛鬼之地！

傳出詭異慘叫女聲

曾經有途人經過南固臺時，聽到已被空置的屋內竟然傳出女人慘叫聲。更加有人說每逢深夜，屋內都會有一團綠色的怪火在飄浮。有人指出，其實那些綠色的火，是當年被迫做慰安婦的女性死後，陰魂不散……

年輕人被靈體上身

某一年，有數名年輕男女唔識死到南固臺探險，當他們到了南固臺對開的樓梯時，有人看到樓梯上有一個黑影向他們招手！其後，兩名少女突然行為失控，不但大哭大鬧，還變得力大無窮，連警員都無法制止她們。後來兩人懷疑被靈體上身，此事更成為第二天的頭條新聞。

經常發生命案

南固臺曾有不少人在屋內或是附近自殺，在幾十年前便有一位婦人在屋內吊頸身亡。直到近年，一名男子於南固臺附近的樹上吊頸自殺，難道是南固臺陰氣重，所以易生事故？

茶餐廳「鬼叫外賣」

40 多年前，油麻地某幢大廈的單位曾經發生了一宗令香港人震驚的鬧鬼事件！這是香港最出名的鬧鬼事件之一，相信長輩大多數都略有所聞。當時這件事在香港轟動一時，就連報章也出了頭條，警方更出動了裝甲車……

窗前無頭鬼

話說有一天，有名居民跟餐室一名伙記聊天，他表示自己家對面有鬼！他表示自己晚晚都看見對面屋有人打麻雀，一時有 4 個人，一時有 5 個人，但個個都是穿白色衣服。有時候，又會有一個人站在窗前，但那個人竟然是沒有頭的！有時他們會在窗前飄來飄去，十分嚇人！

伙記收陰司紙

過了幾天，伙記每晚 9 點開始，都接到一單外賣電話，而且每次外賣都是 4 碗粥，而送外賣的地址則是居民口中說有鬼的單位。

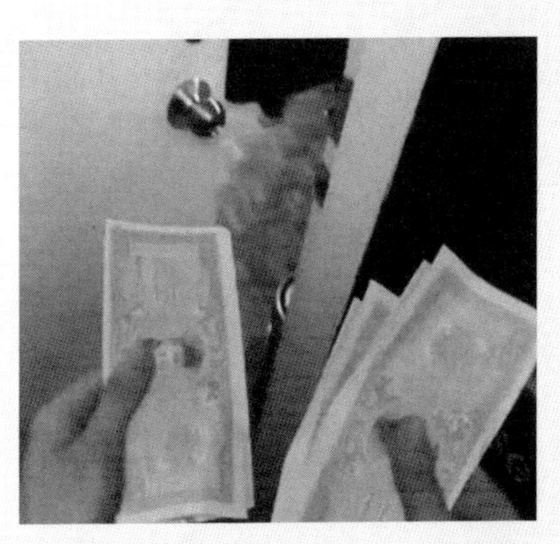

▲ 伙記收錢後檢查清楚，肯定手上的絕對是港幣。

伙記第一次送上去時已覺得很古怪，他按門鐘後有人開門，但只是開一個手位大的門隙，然後伸手出來拿 4 碗粥，再付錢。當時伙記有當場點清楚數目，他肯定是沒有錯，於是順手放入衣袋，然後回餐室。

但當他交數時，才發現那些錢全部變了陰司紙！

翌日大約同一時間，又有相同食物和地點的外賣，於是那位伙記打醒十二分精神，收錢後他檢查清楚，肯定手上的絕對是港幣。但當晚他返回餐室交數時，竟然又變了陰司紙！

老闆親自送外賣

伙記和老闆説起此事，但老闆不太相信。第 3 晚，情況跟之前一模一樣，於是老闆便叫另一個伙記去送，但竟然也是一樣遭遇！

這天晚上，那個單位又叫外賣，老闆自己親自出馬去，但得來的結果，竟然也是一樣！這件事傳遍了該條街，後來老闆報警，警方到場後，從鬧鬼的單位對面寓所望過去，竟然發現有 4 個無頭的人在打麻雀！

事件曝了光，記者都紛紛採訪，而警方也出動了大批警員及裝甲車，現場有不少市民也在附近觀看。後來警方封鎖了該單位，無頭鬼叫外賣事件沒有再發生了……

順利村斬頭凶案

數前年，秀茂坪順利村發生倫常慘案，一名 16 歲少女被父親殺死並斬下頭顱，而死者的頭顱至今尚未尋獲……斬頭案令居民難以安枕，200 多名村民亦集資請道士到現場超渡亡魂，可是仍然不斷有靈異事件發生！

打麻雀撞鬼驚魂

曾經有一對夫婦一同到案發大廈，打算前往 19 樓的街坊家中打通宵麻雀。他們到達案發大廈後，一部可以升往 20 樓的升降機即將到地下，他們不想再等，決定到 20 樓再行落下一層，於是便入去升降機內。

▲ 可憐少女被斬頭！經常出現是否陰魂不散？

當兩人進入升降機後，發現了一個年約 15、16 歲的少女，由於升降機的燈光昏暗，他們都看不清楚少女的樣子，只見她留有中長的頭髮，穿長袖 T 恤和長褲。兩人都很奇怪在這麼冷的天氣她仍穿這麼少。

女鬼散寒氣

當太太正打算按掣，發現已經有人按了 20 樓，當升降機開始上升的時候，他們感到升降機裡的溫度明顯下降。當時太太已經穿了羽絨，但仍然覺得寒氣迫人，他踫了踫丈夫的手，一向不怕冷的丈夫亦同樣十分冰冷！

丈夫曾經回頭看過那個少女，但該少女仍然是低著頭，木口木面的，看不清楚樣子。而最恐怖的是，他們透過升降機內的牆身反映，只能看見兩人的模糊影像，卻沒有少女的影像⋯⋯

到了 20 樓後，兩人立即離開升降機，他們回頭看看少女，竟然發現升降機內空無一人！

溶屍凶宅怪事多

1989 年所發生的「空姐溶屍案」是全港轟動的大案件，當時警方接獲市民投訴，到沙田某村落的一幢西班牙式丁屋作調查，從而揭發一宗駭人聽聞的凶殺案！警方到場調查後，發現一堆已經嚴重腐爛的女性殘肢，而且被藏於浴室一鐵箱之中，結果當場拘捕懷疑涉案的一對男女，揭發出一段耐人尋味的孽慾情緣。

案發單位傳出難聞氣味

由於此案的處理屍體手法於當年是前所未見，令這宗空姐溶屍案在揭發後引起極大回響，甚至有電影公司將之拍成電影。案中的女死者是一名任職於某大航空公司的高級空姐，據家人所講，她接獲電話後離開住所，自此便失去聯絡。

據稱，當時住在凶案現場對面的居民表示，晚上曾聽到案發單位傳出兩名女子的激烈爭吵聲，後來就聽到一把男性聲音調停，感覺該名男子似有意偏幫其中一方，爭吵歷時約十多分鐘便突然停止。

不久，案發單位傳出陣陣令人作嘔的難聞氣味，於是有住客向警方投訴，警方接報到場調查，因而將凶案揭發。

凶案現場怪事連連

在凶案發生後，事發單位被丟空了一段時間，直到一年後，一名對案件毫不知情的傳道人與懷孕妻子搬到凶案住宅，入屋不久已感到一股巨大的心理壓力。即使他天天禱告亦不能排解，其後他向人查探，才得知原來所住單位正是當年空姐溶屍案的案發地點。傳道人與妻子聞言後馬上搬離該單位。但據聞他曾向友人透露，他遷出的原因並不是因為單位發生怪事，只是心理壓力令他不想再在那裡居住。

而另一位曾居住在案發單位樓下的居民則表示，他在居住期間曾經發生不少怪事。有一次，他曾在晚上親眼目睹自己家裡的廚房門及廁所門，會無故自動開啟，而他在睡覺前已鎖上的大閘亦會自動打開。但最恐怖的，是晚上在他入睡後，都會被一陣突然而來的怪聲所驚醒。

超值筍盤變凶宅

香港的樓租越來越貴，上不到公屋，又不想捱貴租，最好的方法就是住凶宅。但凶宅未必是個個都住得起，一個不小心，可能會連命都無……

超值租盤等緊你……

「德福花園X座十3樓B室，570呎月租2000元」

阿成看見地產公司門前的海報，不得不被這短短的幾行字完全吸引了，才2000元就租到這個大單位，這個尺數在出面租已經貴成倍了！

再加上自己多年來節衣縮食亦未能為自己置業，看見2000元這個數字，阿成已經心郁郁，立即跑入地產。

地產經理說業主已留低了鎖匙，只要阿成交一個月按金、租金及500元佣金，便可立即入住。

阿成深怕這樣平的單位很快會被租走，馬上從錢包內掏出4500元，便高高興興地往單位走去。

陰寒的單位

阿成懷著興奮的心情前往新租的單位，但走廊十分寂靜，半點人聲都沒有，就連一點風也沒有，令阿成覺得有點侷促的感覺。終於走到單位前，綠色的拉閘給他一種古老又不安的感覺。

阿成小心翼翼地打開大開，看見夕陽從窗外打進屋內，把屋內染成一片血紅，阿成不禁心頭一顫，更覺得有一陣陰寒的感覺掠過頸後。

單位裡幾乎空空如也，只在大門背後遺下一件皮外套，看來是件十分貴重的東西。阿成心想這應該業主離開時不小心留下吧，他好奇地拿著皮衣，穿了上身試。

披上皮褸後惹鬼上身

阿成穿好皮衣後，往廁所的方向走去，看到鏡中反映的不是自己，而是一個滿臉鬍子的男人！他急忙地除下皮衣，再看看鏡子，但仍然是滿臉鬍子的面孔。

碰！碰！碰！

突然，門外傳出一把粗獷的男聲：「開門啊！你欠我們 4 百萬點計？今日再唔還錢，我們一定斬死你！」

阿成心急地大叫：「你們搵錯人啦！」阿成更發現，自己的聲音也變了！

碰！大門被打開了，幾名持刀大漢一湧而上，更往阿成的方向斬過去……

原是欠債凶宅

原來，早在多年前，這個單位曾經被一個欠下巨債的男人租下。某個晚上，那個男人決定逃亡返大陸，結果遲一步被追債的人斬殺，死時身上還穿著一件皮褸……

殺人狂姦屍淫魔

許多凶殺案，縱使警方空群而出、抽絲剝繭地全力偵查都未能水落石出，有不少到最後都可能成為懸案，死者無法沉冤得雪。亡魂也許因為凶手一直逍遙法外而死不瞑目，甚至陰魂不散，一直留在被害現場，夜夜悽聲哀號，令人不寒而慄。

60 年代香港曾發生的一宗震慄的姦屍案，被害少女慘遭匪徒入屋行劫，遭殺害後復遭姦屍！

證據不足　懸案未破

案發當日，一名就讀中學的 17 歲姓朱少女放學後獨自逗留家中，卻遇上當年曾經哄動一時的「飛天擒蟒」爬水渠潛入屋內行劫，並被先殺後姦。朱女除父母外，尚有一兄及一姊，由於父親於坪洲經營 5 金廠，遂偕同其兄長雙雙居於坪洲，而其姊亦因為出嫁遷出，剩下朱母與幼女一同居於油麻地一幢唐樓。朱母每周總有兩、三天到坪洲小住，與丈夫及兒子共聚天倫，而朱女因要上學的關係，獨自一人留在油麻地寓所，豈料卻遭逢厄運。

凶徒犯案後雖未有即時被捕，卻在翌年因為干犯多宗姦劫及爆竊等罪行而被判終身監禁。雖然凶徒要在獄中度過餘生，惟當時他對少女被殺案一直三緘其口，且證據不足，最終還是裁定被告謀殺朱女之罪名不成立，令朱女未能雪恨，而此案亦成為一宗懸而未破的奇案。

凶案現場半夜聞慘叫聲

據說自朱女被殺後，其家人亦甚少返回凶案現場，以免觸景傷情。傳聞當年曾與朱女住同一樓層的鄰居，經常在深夜時分聽到凶屋內隱約傳出女子慘叫的聲音，甚至更有人言之鑿鑿地表示，曾清楚聽見屋內有一少女不斷高呼：「救命……救命啊！」叫聲悽厲刺耳，令人毛骨悚然。案發單位自事發後已甚少有人出入，加上這種少女呼喊聲往往只在深夜出現，於是便有人猜測是朱女因含冤而終，發出冤靈哀號，令人更感心寒。除此以外，據聞亦有大廈的前住客曾經在朱女遇害後，在深夜時分看見它垂首在走廊中踱來踱去，期間還不停啜泣，似為了自己短暫的一生感慨不已。雖然朱女的冤魂從未對住客造成任何傷害，但因為它的徘徊不去，令當時的住客們嚇得心驚膽戰。事隔多年，當年大部分的住客早已遷出，案發單位亦經多番易手，只有少數街坊仍對事件有少許記憶，不知道是否行凶者依然未就殺害朱女而得到判罪，令朱女心願未了，故多年來關於朱女夜夜現身、悽怨悲泣的傳聞仍不絕於耳。

突然懺悔自首

這宗長達 30 年的懸案，最後有戲劇性的發展。

犯案凶徒在赤柱監獄服刑達 20 多年後，竟突然去信當時的警務處處長，承認自己是將朱女先殺後姦的真正凶手，令這宗轟動一時的姦殺案終於水落石出，而朱女亦總算沉冤得雪。

據聞自此以後，凶案現場再不見朱女的冤魂蹤影，而以往在深夜時分聽到的悽厲呼叫聲亦從此消失。

猛鬼交通篇

港鐵站中，就只有彩虹站有3條路軌，但3條路軌當中，唯獨是中間那條路軌是從不使用的……

某一年，林錦公路曾發生3死4傷車禍，一架房車跟一輛雙層巴士相撞，房車內3人全部罹難。自此之後，這段公路經常發生交通意外，而意外前夕，都有人目擊一架房車經過……

上環站鬼門關

有關地鐵的怪談流傳已久，無論是月台還是路軌，各種靈異怪談屢見不鮮。其中最多怪事傳出的必數上環站！

上環站不論在設計和功能上，都比其他地鐵站複雜，而你又有否聽過，其實上環站除了現有的出口之外，還有一個神秘出口呢？

上環小月台

這個神秘出口本應位於林士街附近，該站的建築設計和月台，都跟上環站有所區別。甚至在早十幾年前，市民可以從上環站直接走到一個沒有列車停站的月台。當年曾經到過該月台的市民稱，路軌盡頭的兩邊路軌都用鐵鏈封閉著，所以肯定沒有列車會在那裡停站。

▲ 小月台入左去就無命出來！

而這個沒有列車停站的月台被稱為「上環小月台」，當中亦傳出過各種靈異怪談……

生人物近的月台

直到上環站落成並啟用後，有傳言在開站初期，這個月台已經有發生過女子墮軌死亡事件。從此，這個月台便成為生人勿近的地方……甚至有傳建築工人在開通隧道時，不小心打通了鬼門關，看見不應見到的恐怖景象，所以工程才被迫停止。最後還要請高僧到現場做法事，為了阻止流言不斷傳出，從此，這個月台同出口就被封閉至今。

地鐵列車枉死鬼求救

每晚凌晨，列車於到達終點站後，車長同站內職員需要負責清客，確保所有乘客離開車廂，清客後會由車長將列車駕駛回車廠進行例行檢查。

是誤鳴？還是鬼求救？

有晚有位車長如常清客，將列車駛回車廠，當列車臨到車廠範圍時，控制台突然響起警號，表示有乘客拉動了緊急求助掣。但此時已經清了客，車長以為是誤鳴，亦眼見即將到車廠，所以不以為意。

數十秒後，警報再次響起，他心知不妙，立刻將車剎停並要求控制中心派人協助。當車長跑到發出訊號的車廂後，發覺有四個緊急求助掣被拉動過，但整架列車只得車長一人！

車廠職員亦紛紛去了解，發覺逃生門及緊急通風窗沒有被拉動過，初時以為那乘客自行拉動車門離開，職員其後在路軌搜尋過，但都沒有任何發現。

事後行車紀錄儀並沒有錄得車門及逃生門被打開的記錄，只錄得四個緊急手掣分別被人拉動過。

難道是地鐵有枉死鬼，特意向車長求救？

地鐵車廠內的外國鬼

地鐵一向多鬼故，很多乘客和工作人員都表示撞過鬼，其中一次是一名保安人員「有幸」中獎。

他說地鐵車廠每晚都有保安四圍巡視，不過每次去到維修工場的路軌附近，就會不其然急急腳走，恐防會撞鬼，他們如此人心惶惶，皆因這裡發生過一宗令人不寒而慄的撞鬼事件……

傳聞某個晚上大約兩點幾，有名保安如常四圍巡邏，去到一架待維修列車旁，看見兩、三個外國人在車底下工作。保安本想上前查看，可他又不懂英文，而且又有點膽怯，於是便找了其他人幫忙，問他們為甚麼這麼晚還在工作。

但當保安員找到另外兩名同事一起回去之時，只見該處空無一人，連中央控制中心都說整晚都沒有任何建商或其他人要做維修。經此一事後，保安員越感後怕，每逢晚上巡經該處都會急步走馬看花，深怕自己再遇上什麼游魂野鬼。

佐敦站內的靈異小鬼

據聞某天晚上，一輛列車駛離佐敦站的時候，車長不經意地往機房的鐵閘門內看，竟然發現有幾個小朋友在玩耍。但在月台兩側接近隧道的鐵閘門，一般都是鎖住，只有工作人員及維護人員有鑰匙才可以進入，怎麼可能有小孩子在那裡玩耍？

雖然覺得不可思議，但那個車長推測，他們應該是維修人員的孩子，因貪玩才溜了進去，大概很快會有人把他們帶出來，於是沒有在意，繼續駕駛列車開往下一站。可是當他到了總站後，再次回到佐敦站時，他刻意盯著機房內看，赫然發現那幾個小朋友還在！

車長覺得奇怪，於是告知工作人員，並派維修人員到值班室及機房內查看，可是全部小孩都已經不知所蹤，更加沒聽到小孩打鬧聲。於是，維修人員決定從機房豎井通道內往下再走一層，確定小孩是否跑到下面。

抬頭竟望見舊式兒童鞋

豎井通道下面平日都不會有人，只有一些通風管道和地下電纜。工作人員順著梯子往下爬，快走到底層時，突然覺得頭上有聲音，可是下來的明明就只有自己一個。他順勢抬頭一看，先是看到一雙舊式的兒童鞋，再仰起脖子，看見一個面色慘白的小孩瞪大眼睛望向他！

工作人員嚇了一大跳，整個人掉落地面，當他再回望梯子，卻一個人都看不見……他立即透過對講機叫其他工作人員報警。其後兩名警員到場，搜索一番後，也沒發現任何小孩，於是詢問那位人員詳細情形。那位工作人員說，這名小孩白白淨淨，穿的衣服也不是很新潮，臉上沒有任何表情，在他墮地後立刻就消失……

50 年代的糖果紙？

當眾人離開通道後，一名警員發現在管道下方有幾張的糖果紙，他撿起來仔細一看，紙上寫著的年份及圖案竟然是 50 年代出產的糖果，但生產商早已結業多時……

▲ 鬼孩留下糖紙是否有特別的意思？

坐尾班列車的女鬼

多年前，一名在凌晨駕駛尾班列車的車長稱自己會撞鬼！那天車長駕駛列車前往柴灣站，到達時車長用廣播告訴乘客：「列車已經到達終點站，乘客請盡快離開車廂……」

由於是尾班車的關係，車長一定要由車頭行至車尾，看看是否有人未落車，確保無人後才可將列車調頭駛回車廠。

「我都未落車！」

再三確認車廂無人後，車長準備開車，他安全起見再一次用廣播告訴乘客不可再留在車廂之中，列車的門隨即關上，往車廠方向出發。

在行車的途中，突然有一中年婦人用力敲打車長的門一邊叫喊：「我都未落車！」當車長聽到後，惟有用廣播告訴該名婦人：「由於列車已經開出，去到車廠時，我們會派專車將你送返車站。」

此時，車長通知中央控制室，要求準備車輛接載該名婦人。但當列車到達柴灣車廠時，車長卻發現列車上竟空無一人。

失蹤的女人

這時候，車廠所有工作人員已經到達，他們一同由車頭行至車尾，都沒有人發現任何人影，他們甚至邊走邊檢查車上的氣窗及車門，均沒有開啟過的痕跡。

當他們達到車尾時，仍是沒看見那婦人，大家都不寒而慄。車廂中各人都很害怕，也許當時正值鬼節，才會碰到這些事！

油麻地站紅衣女跳軌

地鐵是香港人最常使用的交通工具，當中的油麻地紅衣女跳軌傳聞，相信很多人都有聽過，而且網絡上亦流傳著很多不同版本。而這個紅衣女鬼故事，則可説是眾多地鐵靈異事件中的一個不解之謎。

在 80 年代，月台上很多人親眼目睹有一名年輕的紅衣女子在油麻地站跳軌，而當年負責駕車的車長亦表示，他很清楚地感覺到列車輾過一個人，亦聽到一聲女性的慘叫聲，於是叫職員報警。

可是，當警員到達現場後，他們找遍了整條路軌，根本沒發現有任何死傷者，連一滴血都沒有。由於事件嚴重，當年的警員和消防員甚至用起重機，把整個車箱升起來調查，但仍然沒有發現任何蛛絲馬跡。由於當時太多目擊者，就連當晚的各大新聞也有報道，但最後因沒有找到屍體或傷者，此事最後便不了了知。

即使如此，油麻地站仍然鬼話連編……

年輕女子驚見自己跳軌

據説，當時有名在月台上等車的女乖客親眼目擊少女被列車輾過，其後她被嚇得立即逃離現場，在不久之後更加患急病身亡。原來，該名女乘客生前曾向朋友透露，她看見那個跳軌的少女竟是自己！

這宗無屍跳軌案，一直都被視為香港的經典鬼話之一。到底，是當時月台上的人集體幻覺，還是真有其事呢？

將軍澳線的詭異腳印

為了方便住在將軍澳的居民，將軍澳線在 2002 年終於落成。但原來興建期間，同樣有發生過怪事！

無數日軍投海自盡

將軍澳線是由寶琳出發，經過坑口後便會轉往將軍澳市中心。由坑口至將軍澳站需要經過百勝角隧道。

相傳，其實百勝角以前是叫駭地角，原因是當年二次大戰，日軍不甘戰敗，於是紛紛在淪陷的地區自殺，而百勝角在當年原來是海邊，因此很多日軍都在這裡投海自盡！久而久之，這裡便稱為駭地角了。後來政府開發將軍澳，於是便改為白石角，後來更改為百勝角。

離奇出現水漬

當年，工人在興建百勝角隧道時，發現隧道內經常出現水漬，後來工人更發現，這些水竟是鹹水來！當初建築公司以為工人誤鑿了土地才把海水引入來。可是如果真的鑿穿土地，應該會有大量海水湧入，不可能只是一兩灘水……

後來更有人發現那些水漬是一些腳印，看起來是軍靴，而且最恐怖的是那些腳印，隱約見到是「大日本製造」……

彩虹站通向陰間的路軌

港鐵站中，就只有彩虹站有 3 條路軌，但 3 條路軌當中，唯獨是中間那條路軌是從不使用的……

其實，當年的彩虹站只有兩條路軌，彩虹站第一次通車測試時，一個工程師和幾個工作人員在試行車上，由彩虹乘至九龍灣，而其他人則在九龍灣站等待。

一般正常情況來説，由彩虹站去九龍灣站只需要大概 3 至 4 分鐘，但該試行車竟然用了十幾分鐘才到達九龍灣站！在試行車尚未到達九龍灣站期間，在九龍灣站的工作人員曾經嘗試用無線電通訊聯繫試行車上的人，但均沒有反應。

30 分鐘之後，試行車終於到達九龍灣站，大家都發現在試行車上的人都面露驚恐的表情，而且更有人神智不清。送院後，發現他們全部受驚過度，不久後更全部離奇身亡。

路軌正向鬼門關

其後，港鐵再進行通車測試，怪事再次發生，這件事引起了高層的關注。港鐵高層於是請了一個大師，該大師説該路軌的方向正正是通向鬼門關的！並要求他們必須停止使用該路軌，不然便會繼續發生災難。經過高層的討論後，港鐵最終決定停用該路軌，並在原本的鐵路旁邊再起一條，就是我們現在所用的路軌。

▲ 傳聞中間的路軌會通往鬼門關……

公路午夜撞鬼驚魂

某天晚上，一對夫妻駕著私家車在大埔一條公路上行走，李姓丈夫一直很謹慎保持著安全駕駛的車速，可是，當駛至一個彎位時，另一輛車突然失控，險些高速撞向兩夫婦的車子，幸好李先生眼明手快，及時地扭轉方向盤避過這一劫。

兩夫妻停下私家車，被嚇得渾身是汗，可是不一會後竟聽到一聲巨響。兩人驚魂未定，不敢下車察看究竟，於是用倒後鏡查看後方路面的情況。

亡魂的慘烈呼救

此時，一名中年女子突然現身車外，更大力拍打李生的司機位車窗。

原來她是另一輛私家車車主的太太，她說自己的丈夫在汽車內傷得很重，希望兩夫婦能夠下車幫一幫他們。李先生拿起手機報警之後，便和該女人一起走到車前，看看當時的情況。

▲ 人亡心不亡，誓要救回傷重的丈夫！

李先生看見車輛損毀嚴重，司機滿身是血，可是，奇怪的是司機身邊還有另一名傷者！該名傷者的半邊頭顱已明顯被削去……

兩夫婦正想問身邊的中年女人，卻發現她滿臉驚慌，喃喃自語地道：「點解我仲喺車入面？我老公點啊？點解我個頭無咗一半……」

勾魂使者遲到？

這時，兩夫婦竟看著中年女子在他們眼前慢慢消失，太太更被嚇得當場暈倒，李先生也被嚇得跌坐在地上大叫，直到警察到場才慢慢地冷靜起來。

到底是事情發生得太突然，令死者不知自己已死，還是勾魂使者遲到，才令該兩夫婦看見亡魂？

小巴上的長髮女鬼

有一晚，陳先生和同事吃完宵夜，便乘搭小巴打算回家。原以為晚間的小巴一定很少乘客，誰知，陳先生上車時已有半車乘客。陳先生隨便選了一個空位坐下，坐他前面的是一位打扮時髦的少女。

陳先生百無聊賴之下，一直看著那個少女，她戴著一頂冷帽，不過由於當時的天氣已經轉涼，陳先生對此也不以為意。當車駛到中文大學時，都已經差不多滿坐，當時只剩下兩個位。直到小巴到了大圍巴士站時，陳先生看到有 3 人向小巴招手。

剛好 3 個位？

小巴停下後，陳先生發現原來那 3 人是一夥的，原本以為他們要等下一班車，結果那 3 人說：「剛好 3 個位，真幸運。」

陳先生覺得很奇怪，明明只得兩個位，為什麼他們會見到 3 個位？

那 3 人上車後，有 2 個人是坐在二人位上，第 3 個人上車後，他停了一停，一個轉身，打算坐在那少女的座位上。但那個位上明明有人，陳先生想喝止，但說時遲那時快，那人已坐了上去！

陷入座位的少女

那時，陳先生看見那人坐下時，竟然把那個少女硬生生的壓進了椅子內！而那少女則不斷地扭動頭顱和身軀，狀甚痛苦。此時，少女整個身體已經陷進座位中，只露出一顆頭和手。陳先生被眼前光景嚇得目定口呆，突然，有人拍陳先生的肩膀。

陳先生整個人嚇了一跳，三魂不見七魄，驚慌失措的望向鄰座，旁邊乘客問他：「先生你還好嗎？你面色很青，要不要擦點藥油？」陳先生定一定神，說不用了。冷靜下來後他再望向前方，才發現那少女的頭和手已經不見了，或者應該說，少女整個人都消失了。

當小巴駛到目的地，陳先生便立即下車。雙腳著地身心感覺踏實了後，陳先生的視線似被牽引一樣，不其然回望車廂裡頭。不看還好，一看才赫然看見那個面容痛苦扭曲的少女竟坐在他原先的座位上，還向他揮手……

空姐撞鬼恐怖驚魂

今時今日，飛機已是十分普遍的大眾交通運輸工具，但在 1 萬呎的高空上，經常會發生很多科學不能解釋的怪異事件……曾經有一位空姐遇過一件令她終生難忘的事情。

有一次，一對夫婦出國旅行時發生意外，幾經繁複手續，先生終於帶著太太的遺體乘搭飛機回港。由於死生有別，先生坐經濟艙，而太太遺體則托運在飛機行李艙中。當那位空姐工作完畢後，便到休息室睡覺，但當她踏進裡頭，卻發現有一位不是穿著空姐制服的女士睡在休息室的床上，那位空姐便向女士說：「太太，乘客不能到這裡的！」

那位太太臉色很白，說：「我不舒服，你可不可以叫我的丈夫上來接我？」

雖然事出突然，但空姐仍根據那位女士提供的資料，在機艙中找到她的先生。

當那位先生一聽到空姐的話後，便一臉疑惑說：「無錯，她真的是我太太，但我太太應該在貨艙內，她的遺體正在運送途中……」那位空姐聽到後立即被嚇暈了。

巴士鬼魂

人要乘車代步，但原來靈界朋友也需乘坐交通公具，才可到達目的地。曾經有位巴士司機稱，他曾經接載過鬼乘客！

有一位夜間巴士司機表示，當晚大概 11 點多，他駕駛著巴士途經美孚，看見有約十幾個乘客，當時司機已經覺得奇怪，因為這段時間平日都沒那麼多人的。

當司機停車後，那十幾個乘客不約而同地走到上層去，當時下層空無一人。

該位司機的行車路線總站在青衣，而在回總站前一個站時，有乘客按鐘表示要下車，他便停車讓乘客下車。

這時，他的巴士後方有亦一輛同樣回青衣的車，當巴士到總站後，司機到上層檢查後才小息。

鬼魂要落車

不久，隨後的司機問：「你架車係咪壞咗？點解會在總站之前停低？」一般來說，司機發現巴士有故障，會先停下來檢查車子。

該名司機覺得奇怪，說：「有客落車，當然要停車啦。」

另一名司機當場被嚇了一跳，說：「我一直在你尾後，都看不見有人！」

這時，大家都開始驚慌起來，剛剛上車的，也許就是靈界的朋友……

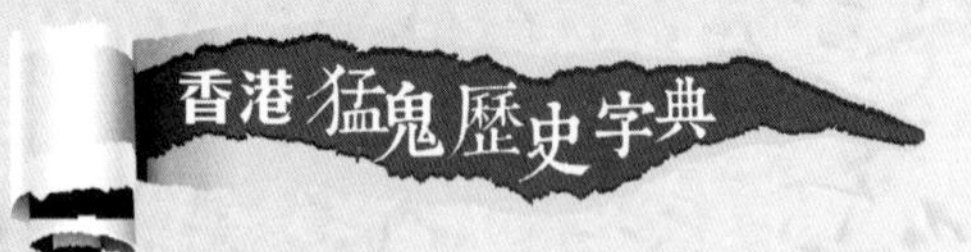

尾班車撞鬼驚魂

相信很多人都聽過尾班車的禁忌，尾班巴士是否真的專載靈體呢？這個都市傳說仍然令人議論紛紛。

據一名退休的巴士司機說，以前曾有些特別路線，如偏僻的山上路線，又或是一些經過墳場的路線，他們都會像傳聞所言，即使沒有客人也會停下讓靈界朋友上落車。

沒有下半身的小童

該名司機更說出當年新入行的撞鬼事件，當年他所駛的是一條行走摩星嶺的夜更巴士線，有些師兄早已提醒他要小心撞鬼，但當時他沒有聽取忠告，結果受到教訓……

當時接近凌晨時分，他如常由西環向華富村方向行駛，當他駛近墳場對開的那個巴士站時，從遠處已看到一個沒有下半身的小童在候車，還揮手示意準備要上車。

故意避鬼終撞鬼

司機當時故意裝作看不見小鬼，加快速度駛走，原以為逃避了便沒事。可是，後來他感到有人從後拍了他的肩膊一下，一看之下原來是個中年女人。可是，那個女人面色蒼白，目露凶光的向著他：「點解你唔停車？」

司機理直氣壯地回答：「佢無下身，鬼來的！」

可是，那個女人竟以陰沉的語調說：「係咪好似我咁？」

司機差點被嚇得昏過去，後來他才得悉，一對母子不久前在那個位置被一輛私家車當場輾死，他遇到的應該就是那對母子的冤魂……

青山公路「鬼快相」

在 1993 年 11 月 6 日，現在已倒閉的天天日報，在頭版刊登了一幅警方在青山公路拍攝的快相。本來是一張影超速車輛的相，並沒有甚麼問題。可是，相中除了超速車輛外，右下角更有一個背後發出橙黃光的「人」！

有人説那名人士是名學生，也有人提出照片攝影之前，當地曾有交通意外，輾斃了一名老婆婆，而死者樣貌與相中人非常相似。這件事最後不了了之，因為無人能提供合理解釋。但有説自此之後，那裡再沒有擺放快相相機……

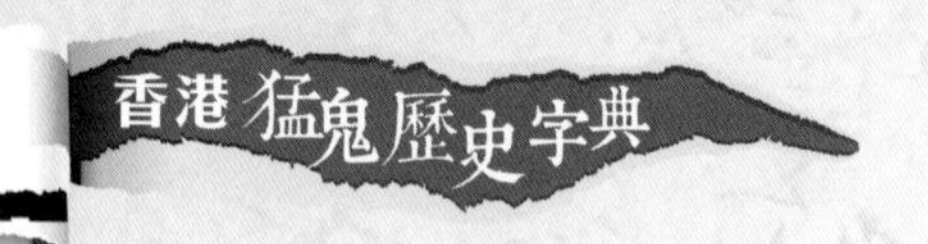

車禍鬼魂找替身？

某一年，林錦公路曾發生 3 死 4 傷車禍，一架房車跟一輛雙層巴士相撞，房車內 3 人全部罹難。自此之後，這段公路經常發生交通意外，而意外前夕，都有人目擊一架房車經過……

據車禍現場附近的居民表示，每逢農曆七月，鬼節一到，該路段都會頻繁發生交通意外，很多人都相信是鬼節的關係，游魂野鬼都特意找替身！

司機預言：發生嚴重車禍

最近，該處又有意外發生！在意外發生前一天，一位司機曾跟友人聊起一宗無人死傷的巴士意外，一輛途經林錦公路雙層巴士，遇上一輛迎面撞來的房車。據稱，當時的巴士司機已經馬上緊急煞車，所以幸好只是發生輕微撞擊。

其後，該名司機更斷言，這裡即將會發生嚴重的車禍，而車禍亦跟巴士有關，這是一個先兆。

友人半信半疑，結果兩天後，真的在同一出事位置、事發地點、車輛型號及時間發生嚴重車輛！唯一不同的是有人傷亡！

大家都開始懷疑，這到底是一個警告的先兆，抑或是一個巧合，或是猛鬼找替身？

爲鬼而開的巴士路線

大埔一直流傳著一個鬼故，同樣是有關巴士的。很久之前，有一班駛經汀角路的巴士，由於路線偏僻，很多時都沒有幾個乘客，基本上是一條蝕本的路線。但巴士公司仍照常經營，據説原來是因為有一個不可告人的秘密……

傳聞很久以前，大埔曾經發生一場大瘟疫，奪去多條人命，其後大家為了安撫亡魂，因此即使是偏僻路線亦不會取消，好讓亡靈有車接載回家。

替更司機收陰司紙

曾經有一位替更車長不知道此事，替了幾天。其他知情的司機問他：「今日係咪都好少人？」

誰知，那司機竟然答：「唔係啊，程程車都好多人啊！」

知情的司機都面有難色，車長便提醒他：「你要小心啊！你可能遇上另類客人……」

替更司機一向都不迷信，他一點也不害怕。但自從聽到那件事之後，每當有乘客上車，他都會特別留意乘客們的狀況。看看每位乘客上車有沒有入錢，入的是否真的是人間的錢，或是有否「甩皮甩骨」，有沒有五官。他敢肯定，所有人都完全正常，有手有腳，入的錢也是人間的錢。

錢箱硬幣變溪錢

可是到了晚上點算錢箱時，竟然發現錢箱混雜了很多陰司紙和溪錢……

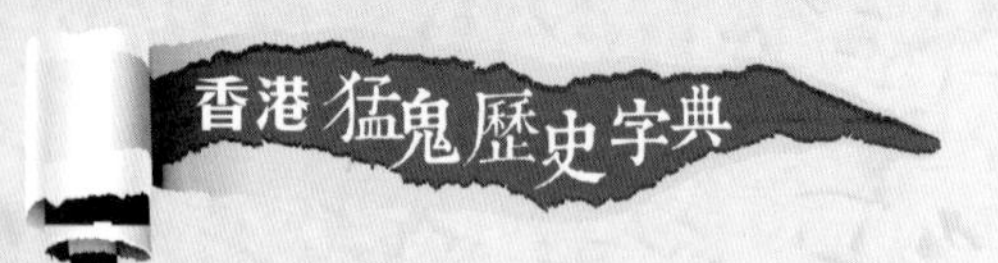

屯門嚇人猛鬼公路

屯門公路這條猛鬼公路自建成以來有 3 多：意外多、死傷多及連環相撞多。其實屯門公路於 70 年代始建，通車以來一直備受批評其設計上的問題導致多宗交通意外和人命傷亡，亦因此許多撞鬼事件和都市傳說都不逕而走。

據聞，事實上很多的士司機和巴士司機都把「接載亡魂回家」當成晚上的工作之一，曾經有司機看見原本空無一人的上層，突然全是白衣人，亦有司機不小心撞到「紙紮公仔」……

猛鬼村汀九村

屯門公路附近的汀九村曾經發生嚴重車禍，造成多人死傷，更有不少居民自此都經常撞鬼……

其中一名居民表示，有一天晚上大概 12 點多，街道上原本很安靜，突然之間，他聽到路邊很多人在說話，聲音由遠至近。其後，他更加聽到有男有女，不斷在叫「冤枉啊！好痛啊！救命啊！」

最恐怖的是，放眼四周都是空無一人的！嚇得他連廁所都不敢去，只敢眼睜睜等到天亮。

公路撞鬼

事件相隔約兩星期後，那位居民再次撞鬼。當時正值夜深，公路旁理應無人經過，但他卻看見有很多「人」在路上，而那些「人」是向落山方向走去，速度跟普通人走路差不多，但只得一個灰濛濛白影，衣服樣子都看不清楚……

司機屢遇鬼

有不少的士及巴士司機，都曾在屯門公路撞鬼。傳聞有巴士司機駛經汀九橋時，從巴士的倒後鏡中，看見巴士上層全是「白衣」人！而另一個傳聞，則是指有的士司機在公路上撞到「人」後，下車一看時，發現「傷者」竟是一個紙紮公仔！

此外，有不少職業司機都表示，在午夜過後的屯門公路，都會發現有「爛賭鬼」在路旁打麻雀，要是看到的是 3 缺一的情況，則意味有冤魂要來索命！

哄動全城「鬼快相」

此外，有一宗靈異事件更哄動全城！1993 年曾發生過「鬼快相」事件，一張據聞是由警察交通部攝得的「快相」成了報章頭條，在相中可隱約看見一疑似女鬼的人形物體。

由於該相是在夜深人靜的高速公路上拍攝得來，所以根本不可能有人在該處散步，所以以有不少人相信這張照片上的女子極可能是鬼魂。

▲ 到底是人是鬼？

怪事一宗接一宗！在 1997 年某個深夜，一輛紅色車以過百公里時速駛過，被警方的「雷射槍」成功拍下超速快車的相片，但在前方所設置的路障，卻一直未有發現任何紅色車。事後警方把相片沖曬出來，發現當日所攝的紅色車，竟已於個多月前失事，駕駛者當場死亡……

深灣道亡靈截車

傳聞中，如果人死於非命，會一時間不能接受自己已死的事實，或者有心願未了，靈體便會附著怨氣，停留在死亡地點，尤其是客死異鄉者……

在 1994 年，一名藏有手槍的男子挾持一名女途人登上一部內有一名男乘客的的士，並指嚇司機將車駛往香港仔方向。至深灣道一頭時，的士被警員截停，匪徒更與警員互相駁火。

結果，車中的匪徒與韓籍男乘客一同中槍身亡。

的士乘客語言不通

事發後，在不久後的一個深夜，有夜更的士司機駕車駛過深灣道時，在霧中見到路旁有一身穿西裝、手持拐杖的中年男子揮手。

的士司機當時有點疑惑，因為這個時間很少會有人在這個偏僻地方候車，但見他衣履光鮮，而且好像行動不便，相信也不會是賊，所以都放心讓他上車。那男子上車後，司機循例地問：「老友，去邊處呀？」

但那個男人聲線很微弱，只是緩緩地吐了幾個字，司機聽不清楚，便向他問多一遍。司機聽得出那不是廣東話，即使司機跟他說英文，但仍然無法溝通。

男乘客身上發現子彈洞

二人良久也溝通不來，司機便用無線電向的士電台通訊求助，並把通話器遞給那男子。這時司機不小心踫到男乘客的手，在那一剎那間，冰冷感覺從他的手傳過來，直透全身，令他不期然地抖震。

的士電台聽到男乘客的話後，回覆說：「佢好似講緊韓文喎！」

此時，司機從倒後鏡望著這個男子，在微弱的街燈映照下，他看見那慘白的臉容帶著幾分愁緒。當他轉身希望用手語溝通時，司機清楚看到，那個男子的西裝上有一大處乾透了的血漬，身上更有幾個似是被槍彈射穿的破洞。

乘客似乎發現到司機驚愕失色的表情，於是便語帶抱歉地向司機說了一句話後，便自行開門下車，一拐一拐地走入的士前端的濃霧內消失……

其後，這件事在的士司機間流傳了一陣子，但聽聞再也沒有其他人見過這名韓籍男乘客……

鬼魂纏身

陳小姐居住在屯門，每天都會乘小巴回家。

有一晚，因為慶祝朋友的生日，玩到差不多12點左右才回家，在路旁等了不久就截到了一輛小巴，誰知上到車後，竟然找不到空的座位。當陳小姐想轉身下車，沒料到小巴司機竟對她說：「小姐，車尾單邊有空位啊！」

陳小姐很自然地向車尾單邊位望了一下，發現正坐著一個黑衣男子，她不敢上前坐下，於是對司機說：「不好意思，我上錯車。」。

▲「死」都要跟住你走……

下車不久，另一輛小巴來了，這次車上還有4、5個空位，她就隨便坐下來了。坐車途中，她想起剛才的事便知道自己可能已經撞鬼了，心裡很驚慌，不停誦經唸佛，希望沒有東西跟隨著自己。

很快便到了目的地，下車後回到了居住的大廈，隨即進入電梯，按下了自己的層數。誰知電梯到了3樓時突然停了下來，她被困著了！

慌張的陳小姐不斷按著緊急掣，大叫：「救命啊」，這時電梯的對講機傳來看更的聲音：「不要擔心，我已經通知了叫人來幫忙，最遲10幾分鐘就可以到，你們無事嗎？」

本來陳小姐聽到看更相熟的聲音，以為可以放心下來，但越想越覺得不對路，最後當她聽到看更下一句説話後，立即讓她陷入更加坐立不安的驚慌中！

「那麼，你後邊的男人有無事啊？剛才和你一起進來的那個。」

陳小姐聽到這裡，情緒已經崩潰了，歇斯底里地向著電梯門又叫又拍。

那個看更看著閉路電視，見陳小姐好像瘋了一樣，而那男人卻只是低著頭。看更怕有事發生，就馬上打電話給警察，十分鐘後消防員及警察到場了。從閉路電視看到有兩人被困，這時陳小姐已累得坐在地上。而男的還是低著頭，消防員隨即把電梯門打開。電梯停在 3、4 樓之間，消防員先將陳小姐救出，待再要救出男子的時候，竟然發現內裡空無一人。看更華叔與消防員不知所措，陳小姐更早已嚇得暈倒不醒人事了。

亡靈搭順風車

摩星嶺是香港著名的猛鬼勝地，二戰時日軍入侵之初，駐守摩星嶺砲台的英兵曾和日軍發生激戰，雙方死傷慘重。後來，有傳日本在投降後，有大批日軍在摩星嶺集體自殺，因而令該處怨氣甚重。再加上摩星嶺位處山頭，人少所以陽氣欠盛，更容易吸引靈體聚集而導致靈異事件頻頻發生。

某夜，有名司機接載數名青年到摩星嶺後，便沿摩星嶺徑下山，途中有一個中年男人截車。司機停車讓那名男人上車，並問他目的地到哪去。

可是那名男子卻沒有回應，於是司機只得往落山的方法行駛，當他到達摩星嶺徑和域多利道交界時，把的士停了下來，再次詢問那個人的目的地。

此時，他竟然發現那個乘客的身體是半透明的！他故作鎮定，也不敢再問，並沿著域多利道慢行。因為他曾聽聞有行家在遇上靈體後發生交通意外，所以便小心翼翼地駕駛。

行駛了一段路，司機偷偷看了看倒後鏡，發現那個乘客不見了，才敢開快速度。但當的士走到西環的時候，司機突然發現那個乘客已經坐在他身旁！

司機連忙將車子停下，並用顫抖的聲音對那個男子說：「搵兩餐啫，唔好嚇我啦！」說完，那個男子對他點頭一笑，然後便穿透車門離開……

陰邪地點及怪異傳聞

很久以前，在上水某個公共屋村中，盛傳一個恐怖傳説，主角是阿美。大家都對「阿美」這個名字聞之色變，到底「阿美」這個普通不過的名字背後，隱藏著甚麼秘密？

長洲東灣有「猛鬼海灘」之稱。傳聞每當有外地人在農曆7月期間到東灣游水，都總會有人發生遇溺意外，這到底是巧合還是有靈界朋友在作祟呢？

七姊妹的跳海盟約

相傳在百多年前，香港有一個位於海灣的漁村，在漁村中有 7 個年輕的少女自小喪父喪母，大家同病相憐，相知相惜，7 個少女便結義金蘭，感情十分深厚，於是便住在一起，互相照應。

她們更曾在「七姊誕」當日，對天發誓「不能同年同月同日生，但願同年同月同日死」。經過宣誓後，她們的關係更加好，漁村的人更稱她們為「七姊妹」，7 個少女生活得樂也融融。

可惜，到了一天，漁村突然跑來一班惡霸前來搗亂，七姊妹奮力反抗，而當中因為七妹天生貌美，被惡霸的首領看中，並表示 3 天內會將她迎娶過門。

七姊妹知道惡霸勢力龐大，她們難以反抗，無所適從之下她們只得抱着對方大哭。

到了第 3 天晚上，6 位姊妹設法拖延時間阻撓惡霸的花轎來，好讓七妹得以盡快逃走，可惜惡霸輕易逃過六位姊妹的阻撓，向七妹逃走的方向追去。

當七妹逃到海灣時，發現前無去路，後有追兵，而當時 6 位姊妹亦在惡霸之後跟上來了，她們見退無可退，便走到七妹面前，把心一橫，七人手牽手從大石上跳落海中。

令人驚奇的是，七姊妹的屍體竟然在 7 天後手牽手浮上水面。

惡霸十分害怕被人以為是他們幹的，於是帶着兄弟畏罪潛逃。

而當日七姊妹跳海的海灣，就是現今的七姊妹道。

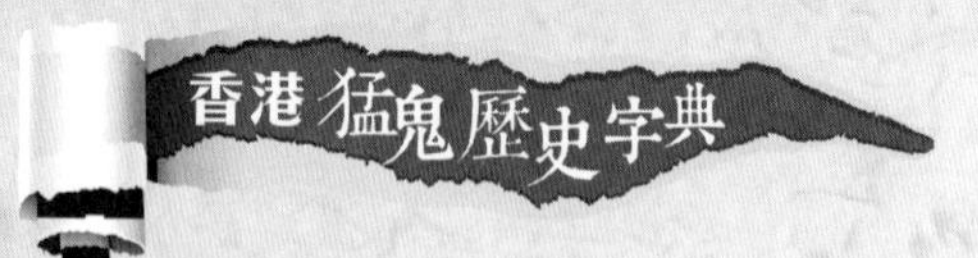

上水天橋的魔鬼交易

傳聞中，在上水有一個很特別的天橋，名為「抉擇天橋」。「抉擇天橋」的特別之處，就是每逢在特定的時間，天橋便會供給異度空間的人擺檔，而賣的東西不是普通東西，所收的也不一定是金錢。如果選擇了錯誤的檔子，也許會招來厄運……

突然變長的天橋

某天晚上，有名男子因夜歸而誤闖「抉擇天橋」，當他踏進冷冷清清的天橋後，突然感到有一陣寒風吹過，他冷得合上眼睛打了個冷顫。但他再次張開雙眼後，竟然看見原本冷清且空無一人的天橋，突然之間變得熱鬧起來，不但人來人往，還多了很多檔子，但氣氛卻很怪異、陰陰沉沉的。

男子正想回頭離開，卻發現那天橋竟然好像無止境地伸長了，他根本走不了。

奇怪的貨品

他只好一直向前走，當他經過一個專賣木箱子的檔子時，有名攤販向他搭訕：「先生，有興趣買一個木箱子嗎？這裡有你想要的東西啊！」

他看了看那些箱子，分別是「金錢」、「大屋」和「美女」。男子拿起一個「金錢」木箱，攤販笑著跟他説：「只要你買了這個箱，你就會有一世也用不完盡的金錢，但需要用你的『快樂』來交換。」

男子想了想，雖然有無盡的金錢，但若他一生都過得不快樂，那即使他有錢又如何？所以他放下了箱子，又向前行。

「小哥，來買一瓶氣吧！」一名婦人跟男子説。

男子看了看地上的東西，放著 3 個瓶子，分別是「權力」、「智慧」和「體力」，他拿起了「權力」的瓶子，放在手心想了很久，此時，婦人説：「只要你聞了瓶內的氣體，你便擁有最高的權力，但需要以你的『幸福』作為交換。」

男子又想了想，即使他一生都能呼風喚雨，但就會孤獨終老，寂寞一生，他的一生會好過嗎？於是，他又放下了瓶子。

路途上，男子又踫上很多古怪的東西，包括要用智慧換來的「俊俏藥丸」、以青春換來的「幸運骰子」和以一雙眼珠換來的「必勝秘方」。但他都一一拒絕了，因為他覺得這些都是膚淺的交易，終於，他走到橋的盡頭，一出天橋，他感到無比暈眩。

是真實或是幻覺？

當他清醒過來後，轉身看了看天橋，又回復了最初的寂靜。此時，男子彷彿聽到有人隱約在他耳邊説：「通過『抉擇天橋』者，必有成功之日。」

至於這個「抉擇天橋」到底在哪，似乎無人清楚，也許有緣的話便會遇上……

沒有聲帶的女鬼

很久以前，在上水某個公共屋村中，盛傳一個恐怖傳説，主角是阿美。大家都對「阿美」這個名字聞之色變，到底「阿美」這個普通不過的名字背後，隱藏著甚麼秘密？

強行扯出

相傳，阿美是一個束著長長的孖辮、身穿破爛連身裙的女孩，人們看見她都不敢接近她，因為被她看見都會有可怕的後果。

屋村盛傳惡鬼「阿美」專門襲擊夜歸小孩，所以多數人在黃昏前已經回家。當時屋村裡的家長都不讓自己家的小孩外出，希望可以避過阿美的魔掌。

曾經有名小學生叫阿玲，她七點多才離開學校，在她的家附近有一條小巷，她在一個暗角處，發現有一個衣衫襤褸、束著長孖辮的小女孩綣曲著身子在哭泣。阿玲動了憐憫之心，於是上前問她發生甚麼事，結果女孩瞪著那雙大得異於常人的眼睛説：「我欠缺一些東西……」

阿玲問：「你欠了甚麼？」未説完，該女孩已經變得猙獰，並用那隻驟然變長的指甲，插進阿玲的喉嚨説：「我欠缺一把甜美的聲線！」

結果，阿玲被阿美硬生生的扯了她的喉嚨出來，並強行的塞到自己的喉嚨中……

善良男生險遇害

阿玲遇害一事在校內傳得沸騰，其中一位男同學阿雄雖然也很害怕，但卻覺得阿美並不如傳聞中那麼凶殘無道，為此他想方設法幫忙阿美，讓她不致成為孤魂野鬼。

有一晚，阿雄因留校做功課而晚了回家，在回家的路上，他看見一個小女孩屈著身子蹲在地上，背著他在哭泣。仔細一看，那個女孩的打扮跟阿美很相似，於是阿雄便上前想慰問她。

▲ 也許每隻鬼都會有自己的故事

但阿雄還沒走到女孩的身邊，就已經被一隻長了黑色指甲的手插入他的喉頭，但他並不害怕，反而上前抱住了阿美。由於喉嚨已經受了重創，阿雄不能説話，他用心跟阿美溝通，道出他明白天生啞巴的痛苦，他 10 歲才學會説話，經常被親戚和同輩的恥笑，他明白當中的痛苦，他鼓勵阿美千萬不要看低自己。

阿美聽到後，不禁嗚咽起來，她伸出手往阿雄的喉嚨上的傷口輕輕一撫，他的傷勢痊癒了。阿美説了一聲「多謝你」後，便化成一陣煙消失了……

女鬼背後的哀痛

原來，阿美自小因為沒有聲帶，受不到父母的疼愛，更遭到同學們的排擠和欺侮，最終在 10 歲那年因不堪壓力而跳樓身亡。

自此，該屋村就流傳著「阿美」的傳説……

上水警署之靈異歌聲

上水警署曾傳出多宗鬧鬼事件，但所有靈異事件，都是由一個人頭骨而起……2008 年，一對年輕情侶在網上聲稱擁有高僧開光的人頭骨，其後有人以 1 萬元收購，兩人於是跟友人夜登蝴蝶山，挖出 3 個比較完整的人頭充當，人頭由友人看管。可是其後友人稱晚晚「畀鬼壓」，最終不堪其擾帶著人頭自首。自此該人頭一直保存在警署內，但從無進行任何法事，於是，怪事頻頻發生……

在某個凌晨，有 4 名警員在飯堂休息，其間有名向來不吸煙的女警，突然向上司提議到樓下吸煙區。後來，另一男警好奇問是否有甚麼事，女警卻只回應「你哋都一齊」，便離開了。

男警未有隨行，仍然留在飯堂。大概 10 分鐘後，上司返回飯堂，並一臉驚慌的轉述給男警知道，原來這個女警剛剛聽到魚缸裡傳出女人哼歌的聲音！男警嚇了一跳，隨後當他細聽之下，終於聽到魚缸裡面，傳出了一把女人哼歌的聲音……

此後，不少警員也表示半夜的時候，在飯堂裡會聽到「夜半歌聲」……莫非是人頭的「主人」不甘被身首異處，想引人注意，於是「寄居」在魚缸中？

邪惡怪嬰吃光母親內臟

香港 60 年代，有一名嬰兒在西區的醫院出世，可是頭部異於常人，體積更比成人大3倍，身軀如正常嬰兒一樣，出生時沒有哭啼聲，只會發出一些類似豬的叫聲，力大凶惡。有傳，嬰兒的母親在臨盆當下因劇痛出血過多難產而死，當時接產的醫生在怪嬰出生後，更目睹那「嬰兒」已經能夠自己站起來。

頭頂長滿眼睛

更駭人聽聞的是，一名護士為怪嬰洗澡時發現，他頭上的皺紋下竟生滿眼睛，最後這名護士被嚇至精神失常。

狼吞母親內臟

另一個傳言是大頭怪嬰在中區半山醫院出生，他的母親內臟全被吃光，教會認為他是撒旦之子或邪惡之子。後來嬰兒被港府關起來研究，從此下落不明。

怪嬰再現人間

傳聞有小學生玩球時，球滾到醫院後山的草叢，執拾皮球的孩子赫然發現一個猛獸的鋼籠，裡面關著一個頭如竹籮一樣大的嬰孩，不斷發出怪叫。而最恐怖的是，該嬰孩頭部的皮膚竟生滿一隻一隻的眼睛。自當天後，每一位看過那個所謂「大頭怪嬰」的同學們，長大後都各有悲劇般的人生遭遇。

後來，這個傳言甚至有香港電影公司改編成電影，電影由吳鎮宇、李燦森與何超儀主演。

靈界亡父的懲戒

世界之大，無奇不有，見到靈界也未必是壞事，有時靈體出現可能令世人求得心中願。

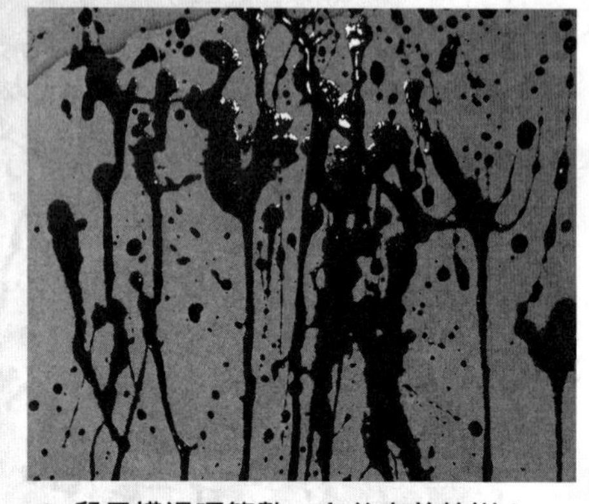

▲ 兒子講過唔算數，亡父來前教訓！

傳聞曾有一個兒子拜祭亡父之時，由於他經濟拮据，沒有多餘金錢為亡父請師傅做法事。結果他竟走到靈位前，對著亡父的遺照說：「阿爸，你保佑我中一場馬，到時有錢，我就請師傅為你做場法事！」

結果，男子真的中了馬，贏了一筆錢，但卻沒有遵守諾言為亡父做法事。

後來，男子發現自己手腳天天出現瘀傷，他才醒起他沒有遵守諾言！他立即找師傅為他的父親打齋超度，最後才沒事。

幸好這個反口覆舌的男子是對至親講大話，假如被騙的是其他亡魂，可能得到的後果，並非只是瘀傷這麼簡單！

日軍鬼營——必列者士街

今天的必列者士街位於上環半山，一直伸延至堅道對下，昔日曾是日軍軍營。日治時期末，不少日軍聽到皇軍無條件投降的消息，難以接受戰敗的恥辱，所以集體在軍營中自殺。此後，怪事接二連三發生……

傳聞一：日本鬼兵步操

夜深時分，住在必列者士街附近的居民經常聽到一些打鐵聲、軍隊步操聲，甚至聽到一些日語的對話聲。

有人好奇之下，往街上一看，竟然赫然見到街上有日本軍旗在隨風飄揚！而在中華基督教青年會裡面，亦有人說不時會聽到陣陣哭泣聲，甚至見到有一排接一排的日本士兵在步操……

傳聞二：醫院有靈體出入

東華醫院有一條由醫院道往普仁街的長樓梯，而那條樓梯途經醫院的員工宿舍以及殮房，如果是熟悉該處的街坊，通常都會在這條樓梯上落。在晚上，醫院道的大閘會鎖上，但卻有街坊表示，他們不時會見到有靈體朋友在梯間上落，身體甚至可以穿過鎖上的大閘！

▲ 醫院是靈體出現熱點！

傳聞 3：群鬼到訪唐樓

某個晚上，一位住在普仁街唐樓的住客在家中熟睡，忽然之間，他被一陣敲門吵醒。他正疑惑這麼晚誰會到訪，當他打開木門的防盜眼一看，赫然發現有很多人擠在門外狹窄的梯間！當時，他立即意識到門外的也許是另一邊世界的朋友。他心慌慌地打電話報警，並一直守在門前，但警察到場後，所有人都消失得無影無蹤。聽說當年的警帽上還是皇冠徽章，因為皇冠煞氣大，所以才把鬼擊退。

報夢追索衣服

到靈位前拜祭的人，行為要檢點，但芳姐則剛剛相反。

芳姐是一間道堂的職員，負責替死者家屬燒衣。她每日也是對著一眾先人食午飯，就連午睡也睡在他們身旁。

芳姐說：「有一次，我的好姊妹過身，她的家人邀請我道堂的師傅做法事。她生前很愛打扮，買了好多靚衫，她的家人送了部分衣服來，讓我們化給她。 其中有一套衣服我十分鍾意，所以沒有化掉，取了回家。」

起初，芳姐認為大家一場好姊妹，她已不在人世，留下一套衣裳作紀念也沒問題，但料不到原來不問自取，在陰界是不容許的，必需物歸原主。「每當我在道堂午睡時，總夢到好姊妹跟我說，畀番套衫我。因為她是我的好朋友，所以我一點也不怕。在夢中我是不能說話的，她則老說同一番話。在頭幾次，我以為是心理作用，但同一個夢出現多次。」

「有一次，我午睡時，她又再次出現在我的夢中，也是說同一番話。當我醒後，便在她的靈位上香，跟她說：『你是否要取回我沒有燒給你的衣服？我明天就燒給你。』當我化掉這套衣服後，便再沒有夢見她了。」這次經歷對芳姐來說，可說是最深刻，以及與她有關的靈異事件。

猛鬼西貢舊片廠

很久以前，某電視台的劇組於深夜時分，在蠔涌其中一個攝影棚開工。當時一位有陰陽眼、能夠見到靈界的化妝師去完攝影棚旁的洗手間後，便對其他工作人員説，去廁所的時間，一定要記得講「唔該借借！」。由於在深夜拍戲的工作人員都因為怕撞鬼，所以大部分人都照做。

唔講借借，臉被打腫

但有一名男助導不知是「鬼揞耳」或是真的太急，沒有説「唔該借借」就衝到廁所小解，但小解途中，他已覺得不適，過了幾分鐘，他的臉更即時腫了起來！

據那男助導説，他感覺被東西瘋狂掌摑，但他甚麼都沒看見……

廁所撞鬼

在某個深夜，大家都在趕工錄音，一位女配音員在空檔時，順便到洗手間方便，當她到洗手盆處洗手時，遇上一位很熟口熟面的女人在洗手，於是便與她談起話來。正當兩人講得興高采烈之際，女配音員同時望向鏡子想整理儀容，這時，她才驚覺有點不妥！她身旁的女人雖然就在眼前，可是鏡子中竟然完全沒有她的身影！

鬼困升降機

油街發生過很多怪事，但原來就連位於油街的商業中心亦有發生過靈異怪事。

事件發生在某幢商業大廈，大概 11 點多左右，所有保安員突然被急召到控制中心。原來是有一對母女被困在電梯裡。

看不見臉的母女

他們從閉路電視所見，兩母女的身體正向著電梯門口，沒有任何動作，過了一會，兩人的頭部竟然可以 180 度反轉，面向著閉路電視！但兩人的樣貌被頭髮完全掩蓋，根本看不到她們的面容……

在場的保安人員都被嚇得面無血色，但有人困在電梯不可不理會，眾人決定先嘗試與他們聯絡，但兩母女都不發一言。最後，其中一位保安人員只好硬著頭皮，到被困樓層打開升降機門。

空無一人的升降機

電梯門被打開，裡面竟然空無一人！而留在控制室的人全部聲稱，在該保安人員打開電梯門的時候，閉路電視突然漆黑一片。一秒後，畫面又回復清晰，這時電梯裡已經空空如也，只有該名大膽的保安員站於電梯內……

無人隧道的二胡聲

坪石區是個已經發展了數十年的社區，多年來亦累積了不少靈異事件。在坪石區的幾處地方，地理環境特別容易招惹靈體，加上曾經有多人離奇死亡，因而惹來不少靈異傳聞。

據說，在坪石區旁，有一條行人隧道是用來橫過觀塘道和通往彩虹邨的。在日間的時候，人來人往，非常熱鬧，不過夜晚時卻是另一番景象。

淒怨的二胡聲

傳聞中，有人曾經在深夜時分行過該隧道時，突然聽到一陣陣淒怨的二胡聲音。最初的時候，他沒有為意，但走了大半條隧道，都不見有任何人或是賣藝者，就開始覺得奇怪。

▲ 無人隧道竟有二胡聲

當他越想越覺得不對勁時，隧道的燈光突然全部熄滅！他在漆黑的隧道內摸索了很久，只能一直向前行，可是他走了很久還沒找到出口。而隧道的二胡聲更是像他焦急的心情一樣愈拉愈快。後來，二胡聲終於停下來了，而隧道的燈光也重新開動了，他發現即使走了一段路，隧道內還是沒有其他人，害怕之下，向隧道的出口拔腿就跑。

鬼偷你銀包

當他成功走出去後，卻隱約聽到隧道內傳出一把老人的聲音說：

「唔好行住啊，你跌咗銀包！」

他摸了摸口袋，真的掉了銀包，他硬著頭皮走入隧道後，感到有一陣陰涼的感覺打從心底透出。他望向前方，隧道竟然還是空無一人！他走了幾步，終於發現了自己掉下的錢包，但錢包竟然是夾在牆邊的扶手上！如果他真的是奔跑的時候掉了錢包，那錢包應該會在地上才是。除非，是有「人」故意把錢包放在那裡……

他越想越害怕，飛快地取回錢包後，便頭也不回的衝出隧道。

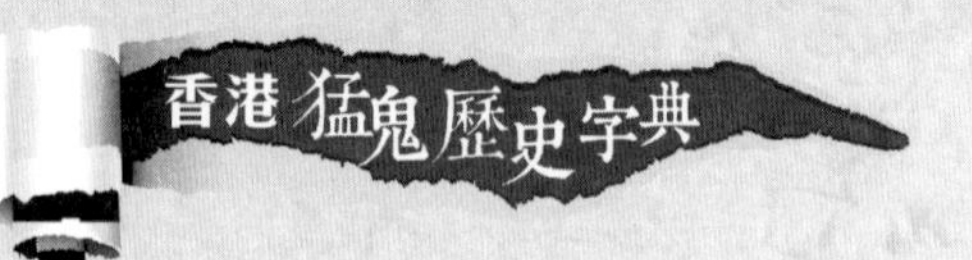

陰氣森森電影院

灣仔洛克道與芬域街交界有一座已倒閉的電影院，名叫東城戲院，戲院現已改建成東城大廈。

東城戲院的前身是萬國殯儀館，而戲院的廁所位置，正好就是當年殯儀館的停屍房，傳聞因此停留了不少靈體。

有年，一名女生名叫小麗，在戲院去完廁所後如常地照鏡整理頭髮，她清楚記得當時廁所裡只有自己一個，卻赫然從鏡子中發現身後還有另一個女人。

小麗轉頭一看，卻看見自己身旁真的多了個女人，女人的頭髮很長，長得完全掩蓋了面容。其後，小麗才發現那女人面目全無，還拿下自自己的頭，默默地梳頭髮！

小麗被嚇了一跳，轉身奪門而出，剛好撞上了另一個想去廁所的女生。小麗跟該女生説：「裡面有鬼，有個女人拎咗自己個頭落嚟，唔好入去啊！」

被撞的女生不慌不忙，幽幽地説：「係咪好似我咁？」説罷，她便把自己的頭顱拿了下來。小麗看見這個駭人的場面，立即被嚇昏了。

此外，東城戲院還有另一個猛鬼傳説，傳聞曾有人在戲院買票，臨入場前，他從購票顯示屏看到該時段的影院只得他一人，並沒有任何觀眾，進場後卻發現院內不但陰氣森森，而且更加座無虛席！

雖然現在的東城戲院已改建成東城大廈，但不時都傳出詭異怪事……

狐仙的魍魎傳說

1981 年，位於大坑的大坑道虎豹別墅，據説也曾經有人目睹狐仙。傳聞某夜天氣惡劣，雷電交加，一束又一束的閃電直轟向別墅，卻奇怪在別墅絲毫無損。

翌日，清潔工人如常抹揩別墅的壁畫，卻發現牆壁透現出 9 個狐狸頭，工人見狀大驚，立即通知上司，上司後來請來道士幫忙，狐仙卻無影無蹤，無計可施之下，只好用黃紙把牆身封住。

狐仙竟是別墅主人所「養」？

虎豹別墅的主人姓胡，有傳他曾在別墅內設有神壇恭奉，常年香火鼎盛，是狐仙絕佳的修仙地方。可是，後來別墅主人去逝，後人亦打算賣出虎豹別墅，所以最後一眾狐仙移居到銅鑼灣的溫莎公爵大廈……

溫莎大廈狐妖殺人

在 70 年代，溫莎大廈已經出現「狐妖殺人」的傳聞，此事鬧得全城皆知，連當時的電視台也有到現場採訪過！

當時溫莎大廈有一間酒樓，曾經發生過一宗擺滿月酒後嬰孩離奇死亡事件。事發後，酒樓外的一幅雲石牆浮現了 9 個類似狐狸頭的雲石花紋，自此便一直有傳是狐妖殺人……

太太夢見狐妖

兩夫妻擺完滿月酒後，回家後便睡覺休息。可是，太太卻夢見自己在床上，但身體壓根不能動。突然間，她看到一隻很大、樣子相當可怕，而且眼睛發紅，滿口尖牙的狐狸在床邊走來走去，一直盯著自己。

她驚慌地大叫：「你想點啊？」

那隻大狐狸聽到聲音後便停下來，唾液流了滿地。此時，太太心想：莫非這狐狸想食了自己？

「我要食了你的小孩！」

那隻狐狸彷彿知道太太在想甚麼，便用很尖的聲音說：「你哋喺我地方擺滿月酒，高高興興咁慶祝，也不敬我一杯，太唔尊敬我！我要食了你的小孩！」

▲ 狐狸要向小孩報復！

之後，這狐狸快速跑去用口咬住太太的小孩，一下子把小孩咬死了，而狐狸更是滿口鮮血……

太太在夢中狂叫：「不要食我兒子！不要食我兒子！」

跟著就從夢中驚醒，她把惡夢的內容告知先生，但先生安慰她那只是一場夢。兩夫婦下意識地走到嬰兒床看看兒子，一看之下，兩夫婦幾乎嚇壞了！

因為嬰兒面色發青，而且已經停止呼吸！兩夫婦一見這情況，便馬上把嬰兒送到醫院，送到醫院後證實嬰兒突發性死亡……

金茂坪戲院的冤死亡靈

秀茂坪的金茂坪戲院向來是猛鬼勝地，金茂坪戲院大概在 60 年代開業，80 年代曾發生大火，戲院亦因此關閉過一段時間，重開後便一直傳出靈異之事，最終到了 90 年代便結業了。

結業後仍傳出不少鬧鬼事件，不宜動土，所以戲院廢置至今，有傳指戲院每逢動工，就會發生各種意外，最後甚至工程都要被迫停止。

除了動土工程出過怪事外，亦有路人在戲院附近遇到靈異事件，就在一個下雨的夜晚，一名女教師經過戲院附近，看見一對母子站在戲院外。教師看見兩人渾身濕透，母親跪下為孩子抹臉，教師不忍心，便主動上前，打算借把雨傘給他們。豈料一看之下，那對母子木無表情，眼耳口鼻還不斷流出泥沙！

追查資料發現，原來秀茂坪曾在 70 年代發生過一場嚴重山泥傾瀉，導致多人死亡。而金茂坪戲院又近山泥傾瀉的地方，而且戲院荒廢多時，陰森得終日不見光，自然吸引不少靈體聚集。

情侶火燒金茂坪戲院

該地除了有傳是二次大戰時埋葬死人的地方，原來還有另一個詭異傳説……

這間本來風光一時的戲院，聽聞曾經有一對情侶生無可戀，約定在戲院 2 樓的洗手間放火自殺。但是火勢蔓延極快，很快就燒了大半間戲院，觀眾很久之後才察覺到戲院發生大火，即使趕緊逃命，卻因為戲院漆黑一片加上濃煙密布，根本就找不到出路逃生，結果所有人就活活地被燒死了……發生這次意外後，戲院的負責人決定將戲院封閉一段時間。

幾年後戲院雖然被解封，但怪事卻不斷發生。

曾經有一個不知道該戲院曾發生過慘劇的母親，因為戲院比較少人和戲票便宜的關係，便帶了兒子去看戲。開場前戲院只得母子二人，但在電影將近放映的時候，當兒子去完洗手間回來，卻發現戲院內坐滿了人。

直到散場時，兒子聽到母親說：「仔啊，呢間戲院真係好喇！冇人去睇戲，幾十蚊就好似包場咁，不如下次再來啦！」

當時，兒子便知道他們已經撞鬼了……

這件怪事，很快就傳遍整區，而戲院的生意亦在傳聞後變得更差，最後更被無限期封院。

長洲東灣之猛鬼海灘

長洲東灣有「猛鬼海灘」之稱。傳聞每當有外地人在農曆 7 月期間到東灣游水，都總會有人發生遇溺意外，這到底是巧合還是有靈界朋友在作祟呢？

失蹤的屍體

長洲曾經發生過不少靈異事件，有一年的 7 月，一班年輕人到長洲渡假時有人提議游夜水，其中一人下水後，不消 10 秒便消失於眾人的視線中。

但是過了很久，同行的朋友都沒發現這個青年游上岸，於是立即報警救助，可惜即使消防員和蛙人在短時間內趕到後，仍然遍尋不獲，搜救將近 9 小時都沒有發現。但奇怪的是，翌日該青年的女朋友到場後，僅 5 分鐘便發現了屍體，而撈出屍體的位置正是昨晚搜索了整夜的位置！

在青年出事前兩天，有人聲稱曾目睹兩名老婦，在沙灘掘了兩個像棺材一樣的坑，那兩個坑足已容納一名成年人。結果，兩日後就有人游水喪命的事，難道兩件事是有關連的？

怪異力量捲走小孩

多年前，長洲發生過一件不可思議的怪事。有一名小孩在農曆七月十四日前幾天在海邊玩耍，突然被一個巨浪捲走，居民見狀立即跟幾位友人合力救人。但離奇的是，那個小孩很瘦，應該只有幾十磅，但集合多人的力量，竟然都不能成功把小孩拉上岸，他們只好眼白白的看著小孩被沖走⋯⋯

消防員及蛙人趕至現場搜救，找了 5、6 個小時仍然一點消息都沒有，後來一個有經驗的救生員，咬著一支白蠟燭潛下水不久便找到了屍體，讓人驚疑不已。

除了這宗小孩被巨浪沖走案外，同年端午節前夕，一名居住於長洲的男孩誤墮海中，即使消防員和蛙人通宵搜索仍然沒有結果。

翌日，龍舟競賽中，男孩的屍體卻突然浮出水面，令競賽者和觀賽人士嚇得驚叫起來，甚至有人墮進海中。

一連串的怪事都發生都東灣，難道東灣真的有水鬼？

與亡靈同遊長洲

曾經有一班年輕人相約一起入長洲度假，慶祝朋友生日。才剛到不久，其中同行的一個朋友阿強，説不太舒服，覺得有點暈，大家以為他只是暈船浪，所以沒多理會他。

有一層度假屋，價錢比較便宜，這班年輕人很快就決定租了下來。一入到間度假屋，阿強又再説他感到很不舒服，過了一陣仍沒有好轉，所以決定離隊回家。本來大家就想找多一個朋友跟他回家休息，可是他堅持不用人送，所以他最後還是自己一個走了。

頸上的鬼手

中午時，餘下的人一起去了沙灘 BBQ，燒烤的過程中拍了不少的照片，大家也很開心。玩了幾天，終於到了回程的前一晚，大家在度假屋中拍了一張大合照，過了一天便出長洲回家了。

就在出長洲之前，他們到照相店取回之前拍的照片，但老闆跟他們年輕人説了一句很奇怪的説話：「年輕人，嚟長洲度假嗎？我睇你哋個樣唔似本地人，你們的相片記得唔好在長洲拆開來睇啊！」

其中一人聽了就不太以為然，當場翻看照片，一看之下，竟然發現那張在度假屋中拍的大合照中，在每個人的頸子上，都多了一對蒼白無色的手！

他回家後，拿了那些相片給他母親看，那人的母親知道大件事了，立即把那些相片連相底，拿去黃大仙廟作法事驅邪。

失蹤了的朋友

當時大家已經回家後好幾天，而阿強應該比他們更早回去，但在幾天之後，大家竟接到阿強母親的電話，說他的兒子不見了，阿強最早離開，為甚麼會這樣久都還沒有回家？

最後，阿強的母親報警了，兩日之後收到了警局的來電。說已經找到阿強，不過早在出發之前已經死了……

詭異屍蟲炒麵

傳聞數十年前，德福花園曾經發生一宗駭人的詭異事件……這裡的居民無人不知！

某夜，王先生下班的時候，路經德福花園之時，突然聞到一陣陣炒麵香味。王先生隨著香味來源望去，看見一個老婆婆正推著木頭車仔叫賣。王先生當時登時感到十分肚餓，雖然已經走到牛頭角下村，但他還是走到老婆婆擺賣的地方。

由於王先生當時十分肚餓，於是急不及待買了一包炒麵。婆婆用筷子緩緩地翻動金黃色的麵條，熟練地將麵條捲起，塞進紙袋內。王先生付錢後，便心急地回家享用這些香噴噴的炒麵。

回家後，王先生急不及待地打開紙袋，大口大口的吃著剛買的炒麵。炒麵淡淡的，充滿咬勁，不消半刻，王先生已經吃掉整包炒麵了，吃過麵後，滿足的攤在沙發上睡覺。

可是，過不一會，王先生突然感到肚子變得像火一般灼熱，胃部似快要扭曲，更加有股難以形容的氣，從胃裡漸向上竄。王先生很快驚醒過來，哇啦哇啦的吐了出來。

他向前一看，嚇得差點暈倒，他吐出來的，竟是成千上萬的屍蟲，牠還是活生生地蠕動著！他驚恐的摸摸嘴巴，嘴內還有兩、三條屍蟲從口腔裡爬出來……王先生看手上及地上的屍蟲，發瘋地叫喊起來。

露宿婆婆凍死街外

原來，在投注站門外，曾經有個婆婆露宿街頭，那位婆婆很愛吃銀芽炒麵，所以每天都會從快餐店後門的垃圾箱裡，拾取別人吃剩的炒麵，然後等到晚間享用。惜有年冬天，婆婆欠缺避寒衣物，所以就活活的凍死了。

自此，很多街坊都表示在晚上，常常看到婆婆的背影在德福花園附近出現，還推一輛木車仔，賣著香噴噴的炒麵……

柴灣新村猛鬼升降機

一說起柴灣，不得不說柴灣新村的猛鬼升降機！

▲ 在升降機這種密室內，鬼魂最容易現身……

在多年前，因為興建柴灣新村而令原來在山坡上的墳墓、金塔需要搬遷，但是承建商在搬山墳的時候並沒有做祭山神土地和超渡的儀式，導致在建築期間經常發生意外，其中更有員工在升降機中發生意外死亡，自此以後，這部升降機便被行內人士稱之為「猛鬼升降機」……

電梯師傅活生生燒死

當年，建築工程接近尾聲時，某個晚上，升降機內突然冒出濃煙，門邊更透出陣陣火光！但升降機內沒有傳出叫喊的求救聲，其他工人更不知道有人被困，結果該名工人活生生被燒死。

其後，當消防員破開升降機門時，赫然發現裡面有一個被燒成焦炭的人形物體。公司查出他是電梯公司的噴漆師傅，而該噴漆師傅是位有十多年經驗的老行專，絕無可能在充滿天拿水的升降機內生火！

但最令人費解的是，為甚麼他會被困於升降機內，而失火時又不呼救呢？

升降機的呼救聲

當柴灣新村建成後不久，一天晚上，升降機突然停在 13 樓，警鐘大鳴，代表升降機有人被困。當維修工人到達後，透過通話機跟被困者聯絡時，聽到通話機傳來濃重的呼吸聲，有把男人低沉的聲音在哀求說：「好熱……好焗……快點救我……」

當工人打開升降機門，裡面隨即湧出一團熱氣以及濃烈的天拿水味，不過入面卻空空如也，人影全無……

荔枝莊的嚇人傳聞

位於西貢十四鄉有個荔枝莊，相傳是由 3 棵主幹非常巨大的荔枝樹而得名。盛傳以前荔枝莊內有個義莊，用於放置無人認領的屍體。每到黑夜，這些屍體都會破棺而出，四出遊蕩，甚至會殺人。

有人曾在荔枝莊附近露營，在入夜後四處探險，經過一條村的村口時，看見有個老婆婆站在村口。這位老婆婆見他們打算入荔枝莊，便上前勸他們回頭，還陰森地說：「荔枝莊入得去出唔番嚟，你諗清楚先好……佢哋好肚餓架……」

人頭荔枝串

另外，有傳某夜晚，荔枝莊有村民在午夜時分走出屋外，卻見到樹上本來掛著一串串的荔枝，全都變成一個個死人頭，嚇得村民驚恐萬分，並認定是樹妖作怪，最後把村內的荔枝樹通通砍掉……

高陞戲院的雞人表演

上世紀 30 年代，位於上環和西環之間的西營盤，曾有一間盛極一時的戲院，叫高陞戲院，戲院後巷一到晚上，都會搭起一個小帳幕，上演一幕幕慘無人道的「雞人表演」。

在戰亂動盪的年代，人命並不值錢，所以生長在那個年代的人都命賤。尤其是小孩子，給賣的賣掉、能吃的吃掉，對於那個年代的人來說都是平常事……

高陞戲院每晚都有很多捧場觀眾，大家隨著戲曲和應拍子，歡歡樂樂的消磨一個半個晚上。而在高陞戲院外的後巷，每晚都會搭一個帳幕。而那個帳幕和高陞戲院一樣，吸引了魚貫的人龍排隊付錢想進去看個究竟。

但那氣氛，卻和高陞戲院內的相差很遠。每個人都屏息靜氣地看著，看過後卻異樣地心酸。

雞人是怎樣造出來的？

帳幕之內，燈光是暗淡的，大家都看得瞠目結舌，他們都驚訝於面前的究竟是雞還是人？細小彎曲的身驅，瘦小的雙腳，沒有臂膀，身上滿是硬硬的雞毛，那張臉，根本分不出眼耳口鼻來，稀爛的堆在頭上。用鎖鏈鎖著那個所謂的人，稱之為『雞人』。

割掉舌頭　斬去雙臂

有些人把拐來的小孩子，用有齒的捧毒打，打得他們皮開肉破。孩子們在給毒打之後，那些人便把雞毛一條一條插進尚未縫合的腐肉中，待數天後血流乾了，肉縫合了，那雞毛便會像自然而生那樣。

但這還不夠，大人們一手抓向孩子的口，拿起剪刀便把舌頭割下來。但這些『屠夫』卻沒有停手，因此他們心想：沒有雙臂的身軀才像雞。

於是，他們手起刀落，把小孩子雙手斬下來，更拿刀在孩子的臉上割啊割，被宰的孩子如果死不去，便會被鎖在帳幕裡，給觀眾排隊入場觀看，指指點點……

拍動斷了的雙臂，依啊依啊的在呼叫……

曾經有人看見後動了惻隱之心，於是匿名去信報館揭發事件。見報後，事件震驚港府，立即行動把雞人救出，但那群可憐的孩子已經被打得皮肉稀爛，雖然一個又一個被救了出來，但都活不長，很快就死了。

死掉的雞人，它們在半夜裡，瞪著乞憐的眼睛，像雞一樣拍動斷了的雙臂，依啊依啊的在呼叫……

亡魂迷蘭桂坊

香港人大多會守規矩，在集會或玩樂期間甚少發生意外，更遑論是人踩人事件。可是在 1993 年元旦，蘭桂坊竟然出現了一件慘不忍睹的人踩人事件，死傷達至 21 死 63 傷！之後更有指死傷最嚴重的地方在事發之前掛了一張活動畫像，就是那張畫像招來亡魂殺人，引發災難！

到底整件事是怎樣發生呢？一張畫像又為甚麼有那麼大的魔力？

元旦變死忌

在 1993 年 1 月 1 日零時，約有二萬人聚集在蘭桂坊進行倒數活動，之後有人開始噴射氣罐式綵帶、噴灑啤酒及汽水、擲扔酒瓶甚至磚塊，更有人焚燒報紙。十分鐘後，有一個人跌倒在地上，其後不少人也因此而跌倒，可是由於街頭仍有人群不斷湧入，結果引致骨牌效應，人群前仆後繼。其後有人發現地上有血，又見傷者倒在地上，人群才停止湧入蘭桂坊，並報警求助。

及後，當傷者送抵醫院後，有不少傷者已重傷不治，最後整件事造成了 21 死、63 傷的悲劇，元旦的喜事變白事，令全港不少人留下了心理陰影！

孤魂野鬼搵替身

最可怕的是，當翌日報道出來後，有不少市民發現，事發當日在意外地點上方，有一幅由多個人頭組成的掛畫懸掛起來，那幅畫以一個眾生相合桃雕刻為圖案，有不少人已覺得那幅畫十分詭異，令人精神緊張。

而當政府正式公布了傷亡人數後，那幅畫更成為了所有人的焦點！原來那幅掛畫由多個人頭組成，總共由 21 個人頭構成的，剛好與慘劇的死亡人數一致！而畫像中眾生相合桃雕刻圖案亦於死者被踩死的畫面不謀而合！

有風水學家指出，原來那幅畫面目猙獰，剛好吸引了不少孤魂野鬼前往，附在畫上。那幅鬼畫就是造成這次意外事件的關鍵，因為孤魂野鬼為求轉生，打了這 21 人的主意，實行要他們做替死鬼！

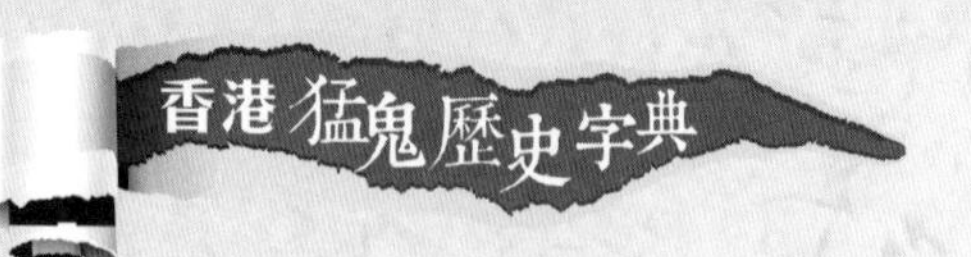

西環公眾殮房百鬼夜行

堅尼地城巴士總站鄰近招商局碼頭，在碼頭左邊有一個足球及籃球場，而右面則是西環公眾殮房。

大概在 20 多年前，因為年青人都喜歡體育運動，球場在早上及晚上都很多人。某天，大概 7 點的時候，幾個滿身大汗的年青人正追著籃球兩頭走，因射球射偏了，籃球跌了出球場外的垃圾桶旁。

年青人拾起籃球，抬頭時視線經過殮房方向，結果竟發現有幾個人從殮房行出來，正確來説，他們是沒有腳的。那些「人」甚至是一些白影，或是白布……

其他人看見那個青年呆掉了，也一同上前觀看。結果眾人到達之後，無一不被嚇跑……

由於西環公眾殮房中放置的屍體大多數都是意外或凶殺案的受害者，所以靈魂會迷糊地在殮房內外飄浮，所以才會出現遊行舉動，也許是因為這個原因，所以每年七月盂蘭節都會在球場舉辦？

半夜三更的拍球聲

很多屋村都會有一些基本的設施，學生更會在放學後相約到屋村的球場打波。但如果有人在門外拍球，先不要急著罵人，因為華富村曾經發生過這樣的事……

深夜的小朋友嘻笑聲

開夜班的吳先生，下班的時候已經凌晨 1 點多。這夜，他下班後照常回家，但當他走到 3 樓的時候，在老遠已經聽到一班小朋友在在打波，發出很吵雜的的嘻笑聲。正當他想上前大罵一回的時候，那班小朋友已經一哄而散，消失了蹤影。

吳先生覺得很奇怪，當他將這件事告訴太太後，太太卻説在家一點聲音都聽不到！

擲掉小鬼的皮球

第二晚，吳先生下班回家，升降機來到 3 樓的住所，當升降機門一打開，吳先生便發現有一個皮球滾了入升降機。吳先生拾起皮球，但看不見人，一氣之下，就一個順手把皮球拋到屋村外的樹林裡。

又過了一天，吳先生來到升降機大堂時，發現有 4 個小朋友守在升降機門外。他們一看到吳先生便一哄而上，不斷圍著他，更要他把那個波還給他們。

當吳先生看見他們面青唇白，步姿飄飄，知道自己撞邪，他立刻跑回家，並將整件事一五一十的告訴太太。

後來，在他們打聽之下，原來，這班小鬼最喜歡半夜三更踢波，而這次吳先生丟失了皮球，小鬼們一定不會罷休，搞不好更會小鬼纏身。最後，吳先生在樹林中把皮球尋回，放回走廊上，事件才告一段落。

華富邨的猛鬼瀑布灣

瀑布灣位於華富邨海邊的一處小海灣，有一條溪水從山邊流下，原來這條溪水以前是一條大瀑布，所以這裡才叫瀑布灣。但瀑布灣卻可稱為香港最猛鬼地方之一，因為每隔幾年都總會發生一兩件離奇的意外，或是有人撞鬼，因此水鬼搵替身之說亦因此流傳不止……

為甚麼瀑布灣會如此猛鬼？

陰霾籠罩瀑布灣

據說，在 19 世紀，曾有海盜在瀑布灣取水時濫殺村民，結果村內死傷無數，自此便怪事不斷。另外一個說法則是瀑布灣以前是一個墳場，那是香港人人皆知的亂葬崗，後來亂葬崗被建成現在的華富邨，所以有鬼怪出現亦不算奇怪。

當年華富邨剛剛入伙時，很多小孩都經常到瀑布灣玩耍，但每年都有小孩在瀑布灣下溺斃。直到 90 年代，華富邨仍然每隔 1、2 年都有人無故於淺水小溪溺斃……

雖然政府後來已經以鐵欄鎖上入口，但直到現在，瀑布灣仍然發生過多宗意外身亡事故，自此就傳出水鬼尋找替身的鬧鬼傳聞……

無五官的白衣少女

傳聞在 20 多年前，華富邨有一班小學生唔識死，在瀑布灣玩水，在離開之際，他們發現有一名長髮的白衣女子，似乎不停正在洗面。眾人在好奇心的驅使下，慢慢走近觀看，他們發現該女子的臉竟然全無五官，就只是一張白色的臉！

他們被嚇得拔足狂奔，從此再也不敢踏入瀑布灣半步……

馬場鬧鬼傳聞

跑馬地原是一個禾稻的沼澤。自從 1846 年，跑馬地舉行了第一場賽事之後，跑馬地就成為了香港的第一個馬場，但馬場曾傳出怪聞，一度被稱為「猛鬼地」，到底馬場發生過甚麼事？

馬場世紀大火釀死傷

1918 年 2 月 26 日，馬場曾經發生過一宗世紀大火，當時簡陋的看台用木和竹子搭成。當日，容納了約 3000 名觀眾的看台因不勝負荷，突然倒塌，令一個熟食檔失火而引起大火。意外中共有 687 人慘被壓死或燒死，是香港史上最大的火災，慘劇為跑馬地鬧鬼故事的序幕……

▲ 多人慘被大火燒死！

馬場冤魂作祟

傳聞在災後，馬場經常有工作人員目睹有「火人」出現，「火人」在看台不斷「掙扎」，左滾右滾，彷彿想撲滅身上的火一樣。而有些馬匹更在賽事其間發瘋，像看見了甚麼一樣不斷避開！

馬場上下都認為是當年被燒死或壓死的冤魂在作祟。馬會為了安撫人心，於是出錢做了多場法事希望平息風波。

但風波沒有被平息，馬場的怪事仍有在員工之間互傳，有人聲稱曾看見有 16 世紀歐洲武士在晚間操練，又或者在馬會貴賓房內明明已經沒有人，但卻傳出打麻將聲……

無頭鬼運人頭

位於新界北區的運頭塘，現已發展成為一條公共屋村，但這裡一直都傳出很多怪異之談，最人所皆知的都莫過於「無頭鬼運人頭」一事。

傳聞，在日軍侵華時期，運頭塘一帶附近有一個刑場，專門將香港人斬首的，每日被斬下的人頭，都會被人運去附近埋葬處置，久而久之，便變成了亂葬崗。

屋村慘成亂葬崗

而當年亂葬崗的位置正正就是運頭塘村，無辜被斬死的人冤魂不息，冤魂跟隨自己的人頭所在地而棲身，令運頭塘村聚集了不少枉死的冤魂，夜夜流連於運頭塘村……

據聞在運頭塘村的停車場，入夜後有人看見一個個無頭的白影四處飄浮，而在運頭塘村鄰近的大埔河亦有傳出怪事。

無頭人入夜推木頭車

住在大埔河附近的居民説，入夜後總是聽到「吱吱」的聲響，像是推著木頭車所發出的聲音。曾經有幾戶人家都因好奇，探頭查看發生甚麼事時，赫然發現有個無頭的「人」，緩緩地推著一個木頭車。細看之下，木頭車載著人頭，有些人頭更掉到地上！「無頭人」一直往河邊走，然後更連人帶車消失於水中……

工人發現無頭人

更有傳聞説，某個裝修工人外出用膳後回去單位工作，竟發現有很多無頭的靈體，正圍著把建築用的膠水黐在頭顱上……

鬼魂石頭的咆哮聲

傳聞在某年的夏天，一群年輕人到鯉魚門度假村入住團體營舍。晚上，幾個年輕人因為不想睡覺，因此在半夜的時候特意出去聊天。他們走著走著，發現了一間由營房改建的禮堂，禮堂後面有一塊空地，於是他們便決定到草地聊天。

手癢惹禍

當他們走到草地的時候，發現了一個古色古香、上面掛著一個搖鈴的典型英式墓碑，幾個年輕人都好奇地上前圍觀，看了墓碑上面的字後，才知道原來這是一名英軍的墓碑，是為了紀念他因公殉職而起的。

有人頑皮地搖了墓碑上的搖鈴，當時大家都沒為意，在草地上逗留了一陣子便打算離開。可是，其中一人突然聽到有人在他耳邊喃喃細語，但又聽不清楚那個人在說甚麼。細聽之下，原來那把聲音說的是英文！

英軍靈魂不滿被騷擾

原本那個年輕人以為自己只是聽錯了，但一問之下，竟然全部人都聽到，並聽得很清楚。在場人的人全部內心發毛，急急的離開，當他們走到一條小徑時，路旁有一塊大石竟然傳出咆吼

▲ 鬼魂不滿被騷擾，藉著大石嚇走人！

聲！剛剛那名搖動墓碑搖鈴的人被嚇得失足倒下，並扭傷了腳，但仍一拐一拐的跑回宿舍。

到底石頭的咆哮聲，是否那名英軍的靈魂因不滿被騷擾而發出警號？

德福花園集體遇害命案

1998 年，德福花園發生了一宗震驚全港而且非常詭異的 5 屍命案！一切由 7 月的某日開始，一名姚姓婦人在德福花園跳樓死亡，拉開了這 5 屍凶案的序幕……

警方發現女死者留下了 3 封遺書，而遺書的內容亦關連到幾天前一宗婦人失蹤案。後來順藤摸瓜，終於在德福花園 C 座一個單位調查時，揭發了這宗近年香港罕見的集體遇害事件！

5 名死者全部都是女性，她們被發現時，都是整齊地伏屍在單位內 5 個房間中。其中 3 名死者是住在事發單位，其餘兩名死者分別住在淺水灣及德福花園 N 座，而其中一人更是上市公司主席！

後來，警方發現該主席在事發當日曾親自到銀行提取 70 萬現金，當時她向銀行職員透露只是把錢提出來一陣子，下午便會把錢存回銀行，但最終這 70 萬卻從此消失了。

為錢毒死人

於是，警方開始從謀財害命方向追查，結果查出案情竟然是有人涉嫌借開壇作法為名，稱以 70 萬作為作法工具，然後要 5 人飲下有毒的符水，結果令 5 人死亡，凶徒最後在大陸落網 。

命案被揭發後都人心惶惶，許多住客聲稱，在深夜看見事發單位有人影出沒及聽到有古怪叫聲！

這宗命案更引來很多記者追訪，在事發一個月後，當時事件尚未破案，一個報章記者在盂蘭鬼節來到事發單位外，打算採訪鄰居，希望有獨家爆料。

當他走到走廊的時候，突然所有燈光熄滅，頓時漆黑一片！他被嚇到毛髮直豎，慌忙地由 5 樓防煙門直跑到樓下的管理處求救。

「5」字不祥地出現

這宗命案有很多驚人的巧合！首先，是不斷出現「5」字，例如事發單位位於 5 樓，而當日警方是於下午 5 時 55 分到現場並揭發凶案，警方進入屋內後，發現 5 具屍體，而且 5 具屍體分別放在 5 間房間內！

同月同日同時死

當 5 屍命案發生後，全港報紙都大肆報導。但最詭異的是，記者翻查記錄，發現原來德福花園在 19 年前同月同日發生了一宗命案。該命案發生在 1979 年 7 月 22 日下午 4 時。當時德福花園仍然在興建，C 座地盆不幸發生了工業意外，一部運送工人和物料的升降機當升到 8 樓時突然發生故障，升降機失控直墮地面，5 名木工及一名雜工當場慘死！

1998 年 5 屍命案揭發時是 7 月 23 日，法醫官証實 5 名死者是 7 月 22 日下午 4 時死亡的，兩宗命案分隔 19 年，但竟然於同月同日同時間同地點發生……

摩星嶺白影怪談

摩星嶺一帶的住宅密度低和缺少街燈，每到入黑就會非常寧靜和黑暗，不少的士司機如非必要都不會在晚上駛經這裡。即使經過，有人截的士，司機也不會停車上客。

一日晚上，有個男人駕著私家車載著一個朋友行經摩星嶺，行駛途中，看見有一輛巴士在對面線經過，那是一輛回廠的巴士，沒有甚麼特別狀況，他瞄了一眼就繼續駕駛他的車。

可是，他的朋友看了一眼巴士就馬上面色大變，急忙把視線調回正前方，不再望向巴士。到了目的地後，那名男人才發現朋友一聲不響、面色蒼白，當他問朋友發生甚麼事，是否不舒服時，朋友才道出剛剛那架巴士，他看見司機身後，有一個看似是女人的白影盯著司機！

白影驚魂後，他們不敢再駛經那條路了。

橫頭磡盂蘭怪談

橫頭磡位於香港九龍半島北部，橫頭磡原稱「橫頭砍」，傳聞之所以有這個地名，是因為香港在日治時期，日軍曾在這個地方用軍刀把無數香港人的頭顱砍掉的意思。

橫頭磡有一間古廟，每年農曆七月十四日前後，都會舉辦盂蘭盛會祭祀，以安息亡魂，並會做大戲給「它們」欣賞。

「觀眾」對號入座

每逢盂蘭盛會，古廟裡觀眾席最前排的一行都是留空的，即使有人沒有座位，都不會坐在第一行，這是因為傳聞那一排座位是特別為「亡魂」而設。

神靈上身　與京劇演員對唱

有傳古廟舉辦大戲期間，曾發生了一件靈異怪事。當時，京劇開始了一段時間，當大家全神貫注地看表演時，幾位小朋友中途進場，坐於觀眾席的最前排座位。大會的工作人員見狀，立刻走上前了解，還未開口趕走他們，其中一個小朋友突然衝到台上，走來走去擾亂整個演出，在場看戲的觀眾都不約而同的指向台上怒罵。

那個小朋友突然在台的正中央站著，並以粗豪的男人聲與女京劇演員對唱，而且歌詞更是準確無誤，一字不漏的唱出，場面令在座的觀眾感到非常驚訝，呆立當場！女京劇演員亦焦急得跑到觀眾席旁，場面混亂，有人更嚇得跌倒在地上……

神靈易請難送

在座的其中一位老前輩見這位小朋友疑似撞邪，於是提議用傳統的驅邪方法——筷子夾手指，試圖把他制服。當 3 個男人欲上前捉實他時，那個小朋友竟然變得力大無窮，而且更昂首對天咆哮！觀眾都被嚇得東奔西跑，3 個男人都匆匆落台，只得叫廟中師傅幫忙。

廟中的師傅一看男童的行為怪異、眼神空洞，便知道他遭神靈上身，師傅上前跟「他」作出談判，希望神靈可盡快離開他的身體，可是，他們的談判進行了 2 個多小時，神靈仍不肯離開……

此時，男童突然指著京劇女演員閉目一會，再慢慢唱出京曲，師傅見狀，立刻靈機一動，叫京劇女演員陪「他」合唱一曲，京劇女演員經勸喻後，亦答應了要求，終於他們合唱完畢後，男童才回復正常。

鏡裡的女人頭

這個故事發生在大約十多年前的一個著名的戲院內。以前香港舊式戲院多數樓高兩層，下層是堂座，而上層是超等。這間戲院的廁所在下層的銀幕旁邊，原來戲院的前身是殯儀館！

廁所的位置正好是以前存放屍體的地方，所以每一個來過這個廁所的人也覺得這裡陰森恐佈。

一天，一位女學生和她的兩位朋友一齊去看電影，大約過了一小時後，她感到肚子不適，於是想上廁所。但她不想打擾朋友，於是只好硬著頭皮自己去廁所。

因為以前舊式戲院廁所要行過一條走廊才到達，而走廊燈只得一盞，暗得令人感到陰森可怕。她去了差不多半小時，都沒有甚麼特別事發生，但當她出來照鏡的時候，怪事開始發生了。

她照鏡的時候看見後面有個女人頭！她以為自己眼花，就沒有理會。但第二次再照鏡的時候，人頭又從鏡裡現出來，她以為有人整蠱佢，於是周圍看個究竟。

一眼看晒，只得她一人。

她開始驚慌，心臟急促跳動，越是驚慌越是胡思亂想，因為她想起自己站著的地方以前是墓地……

於是她不理三七二十一急急離開，就當開門之際，有個女人突然出現在她面前，幾乎將她嚇個半死，她問那個女人有沒有看見廁所裡有人？

接著，這個女人臉部突然裂開，七孔流血地笑著話：「係唔係咁啊？」

女學生被嚇到暈了。

鯉魚門撞邪壁球室

現時位於筲箕灣區的鯉魚門度假村，原來是由兵房改建而成，日治時期曾用作集中營，枉死者無數，因而流傳不少靈異傳聞。

鯉魚門兵房是香港歷史最悠久的英軍軍營之一，在日治期間日軍曾將其改建，部分地方更被用作囚禁英國平民，當年在集中營內，曾有不少平民被虐殺，令該處成為了另一個「重光」後的猛鬼地帶……

靈異球室壁球打入牆

而度假村內有不少康樂設施，都是由原來的營房改建而成。傳聞某日黃昏，有一對夫婦帶著兩名小孩去打壁球，當他們在到達門外時，已經覺得有一陣寒風吹過。

▲ 壁球室內是否有惡靈作弄人？

但 4 人當時沒為意，進入了壁球室後，他們都覺得裡面的燈光比其他地方的壁球室幽暗！一開始由兩夫婦先對打，小朋友則在後面觀戰，可是父親使勁發球時，壁球竟然打入了牆壁，不見了！

接著壁球室內的燈光全部熄滅，四周漆黑一片，伸手不見 5 指，當小朋友還未來得及驚呼，燈光而瞬間回復正常。

失蹤了的壁球

一開始，大家都以為壁球不是打入牆內，只是燈光熄滅時的錯覺，但在小小的壁球室還是遍尋不獲。大家都開始覺得不對勁，於是迅速收拾東西準備離開。

就在此時，家人赫然見到有一個壁球迎面衝射過來，緩緩地停在他們腳下。當時除了他們一家四口，球場內四處都沒其他人，究竟是誰在發球？

蘇屋邨靈異傳說

蘇屋邨建於50年代末期，因為它是戰後第7個被發現的亂葬崗，所以又被人稱為7號墳場。在二次世界大戰期間，日軍佔領香港並四處屠殺平民，不論男女老幼，只要日軍一抓到就全部斬頭。

被斬頭之後的死屍就會被日軍掉到大土坑中掩蓋。後來這個大土坑被泥土蓋上後，上面又搭建了木屋，最後木屋更被清拆而興建成蘇屋邨。

草率埋葬得罪死者

自從發現七號墳場後，建築商便將亂葬崗中的骸骨挖出來，並把骸骨草草埋葬，他們甚至連頭和身都沒有點算清楚，更沒有挖清土坑裡的骸骨就繼續施工。

他們草率的做法當然得罪死者，故施工時曾發生過一連串的鬧鬼事件，最後更因為鬧鬼險些連累工程被腰斬。

有關部門發現鬧鬼事件持續，於是立即請來師傅作法，又臨時修改圖則，將發現亂葬崗的地方改為學校操場，這樣興建完成後，亂葬崗的所在地一到晚上便無人，減少撞鬼機會。

無頭鬼找頭

由於學校是臨時修改圖則而成的，所以設計非常古怪，建造商在操場左面加建了一棟3層高的建築物，這棟3層高建築物又與相鄰建築物打通成為一座「U」形的建築物，把操場圍起來。

由於操場在住宅大廈中間，所以不能裝設射燈，因此操場中央只要一到天暗又或是冬天下午的時候，都會變得非常陰暗。但這間學校在早期分為上、下午班，下午班的學生要到夜晚 6 點才放學，四周已經一片昏暗，一到放學的時間，師生們都會趕着離開學校。

有傳因為學校經常出現無頭鬼，有些被罰留堂的學生更曾在離開時被無頭鬼從背後拍背，嚇得撞傷了額頭！據傳中，這間學校之所以傳出無頭鬼的鬧鬼傳聞，是因為建造商興建的時候，在現場發現的骸骨只有無頭屍體 23 具，而頭顱則有 24 個。頭的數目多過身體數目，所以，在該學校操場下面仍然有一具沒有頭的屍體，不停在找自己的頭顱……

鬼郵差送死亡信件

科技日新月異，現在通訊的方法五花八門，但上世紀 50 年代要通訊的話便只有寄信，以下這則鬼故事就是和寄信有關……

傳聞有一晚，有戶人收到郵差一封不明來歷的信，當他們拆開信後，卻發現信封內只有一張白紙，當時他們不以為然便把信丟掉了，可是奇怪的是這個人過了幾天便突然死亡。

接著，陸陸續續有人在晚上收到這名郵差的信，同樣信內只是一張白紙，收信的人不出 7 天便無故死亡。有傳這個郵差是鬼差的化身。於是有居民請來法師，打算驅走這個鬼郵差，可是法師強調只能暫時把鬼郵差驅走，將來總有一天鬼郵差會再回來。

▲ 收到白紙，就只有死路一條！

法師作法驅走鬼郵差後，便長住在大道東的洪聖廟，以防鬼郵差重臨，再送出死亡信件害人。可是不到幾年，這名法師便去世了，鎮鬼此重任便落到兒子身上，有傳這名法師的兒子現在還住在灣仔，為灣仔市民擋住鬼郵差。

在灣仔住了 40 多年的居民説過，當年的確有聽過鬼郵差的事，但指出不是所有收到白紙的人都會死，又表示收到白紙的人輕則有血光之災，重則有殺身之禍。該居民更説當年鬼郵差出發的地方，就是灣仔區的舊郵局……

另外，亦有傳說指沒有人可以看到鬼郵差的真面目，但若果被他看中，他就會用一雙發光的眼睛瞪著你，並在 3 天內送上白紙，接下來便只有等死……當你死後，白紙還會無故消失。

半夜傳出小童笑聲

位於天后的皇仁書院旁有一條大坑渠，是香港著名的猛鬼聖地，究竟發生過甚麼事，令天后大坑怨氣如此重呢？

原來在上世紀 60 年代，香港的水利發展並不成熟，而且當時的「大坑渠」正式的行人道還未落成，只靠一些木板，勉強搭成一條極不安全的行人道。

有次有一場暴雨引致山泥傾瀉，當時正正有幾個小孩在大坑上玩耍，最後通通被山泥沖走。當他們被搜救出來時已經斷氣，而全身骨骼爆裂，死狀況可怕慘不忍睹。

此後，每逢晚上有人路過「大坑渠」，都會被一群全身青綠色的小孩拉進坑中，亦有人會被這班陰魂不散的鬼仔抓到滿腳青瘀。

不久之後，政府便在「大坑渠」上加建了一條行人天橋，怪事隨之消失。不過，時至今日，據説經過坑渠時，仍會經常聽到坑下會傳出小孩嬉戲的笑聲……

石獅子殺人事件

政府為了紀念二次大戰陣亡的華籍軍人，在香港動植物公園豎立一個石牌坊，並刻有「紀念戰時華人為同盟國殉難者」的字句，而且更在牌坊兩旁的石柱前擺放一對含著石珠的石獅子。

上世紀 30 年代，香港動植物公園內傳出石獅殺人事件，許多人堅稱被石獅口中的石珠攻擊受傷，事件鬧得越來越大，最後更出動警方介入調查，更傳有警員遭石珠攻擊。

情侶被石珠擊中受傷

傳聞，有晚一對情侶打算經石牌坊離開，男方突然感到後腦位置受硬物攻擊，當場受傷，並立即報警。該名傷者言之鑿鑿的向警方表示，自己被石獅子口中的石珠攻擊才受傷。

當時警方覺得是無稽之談，不予受理，但自此之後不斷有情侶在同一個位置被石獅子攻擊。最後還引起傳媒關注，逼使警方調查。

調查時，警方派出一男一女假扮情侶巡邏，在石牌坊位置，假扮男朋友的警員突然被石珠擊中，附近埋伏的警員立即衝出來，卻無發現凶徒，但發現附近的石獅口中的石珠竟染有鮮血，該名遇襲警員更傷重不治。

後來警方高層為了息事寧人，便請來道士做法事，還擊碎石獸口中的石珠，並將石獅子上的點睛硃砂擦去，從此石獅子不再傷人。

石獅子只傷惡人？

另外，又有傳指石獅子具有靈性，被攻擊的人都不是善男順女，例如之前提及的一對情侶，男方其實是經營黃、賭、毒的江湖人士，更曾逼妻女賣身賺錢，害至親慘死。

而假扮情侶的男警員其實是黑幫滲入警隊的「無間道」，曾經利用警察名義姦淫擄掠，可是一直沒有證據證明他是黑警。

抄墳鬧鬼怪談

和合石墳場位於粉嶺西南方，是最著名的墳場，而附近的華明村，一直以來都經常傳出鬧鬼之事。

有幾個在華明村長大的年青人，有一晚有人提議去和合石墳場識「朋友」。遊戲玩法就是抄墓碑上的人名、生死日期等資料，時限半小時，抄得越多，代表結識得越多「朋友」，也是遊戲的勝利者。

比賽分為兩組，兩組都以一對男女為一組，男的負責去識「朋友」，女的就在墳場外等候。其中一個男人因為受不了墳墓恐怖的氣氛，半小時不到便嚇得跑了出來。相反，另一組的男組員一進墳場便急忙地抄，東抄抄，西抄抄，越抄越起勁……

抄了半小時，墳場外的 3 個人見場內的男組員久久未出來，心感不妙，於是一起進墳場找他。可是，3 人找了很久，還是沒有發現他，之後在其中一個墓碑找到一個電筒和一張抄滿了「朋友」資料的紙，可是名單上的最後一個名字竟然就是該位失蹤的男組員！

3 人嚇得立即跑回家，後來才知道，原來該男組員在當日下午，已在華明村對開的高速公路上，被一架迎面而來的旅遊巴撞死……

南丫島上的日軍亡靈

日治時期，日軍曾將南丫島當作軍事據點，並駐有數千名日本士兵，他們將南丫島其中一個洞穴修建成軍火庫。二次大戰末期，日軍收藏了數艘載滿炸藥的自殺快艇，讓海上神風敢死隊駕駛，準備與盟軍軍艦同歸於盡。

日軍在 1945 年投降後，英國戰艦駛入香港海域打算接收香港時，發現索罟灣海邊有數艘快艇，於是將它們全部炸毀。

當年收藏快艇的洞穴有 4 個，設置在蘆鬚城與索罟灣之間近海邊的道路旁，現時最南方的一個洞穴已封，現存只剩下 3 個，居民都稱之為「神風洞」，可是這些「古跡」原來曾傳出令人費解的怪事。

洞內神秘的日語

曾有對情侶在索罟灣閒遊時，卻不知不覺間走到神風洞外。

他們在洞外觀，卻忽然聽見洞內好像有人說話，而且聲音逐漸大聲，就好像有人呼喝他們，雖然聽不懂對方在說甚麼，但都隱約聽得出對方說的是日語。

男人突然想起日軍曾在南丫島駐兵的事蹟，便立即明白發生甚麼事，便急忙拋出一句日語「go-men-na-sai」（對不起），便拖著女友飛奔離開。

除了這對情侶外，更有不少人在洞外經常聽見有人大聲地用日文交談，南丫島的島民深信，是因為二戰時日兵的冤魂作祟，自此沒有人夠膽在夜晚走近這個洞穴。

荒廢礦洞內的透明老人

在5、60年代，馬鞍山礦場是本地採礦業的龍頭，不過當時採礦的技術十分落後，要先用炸藥炸鬆礦石，然後才能派礦工入礦坑發掘並搬運礦石，礦洞內危機處處，很多礦工因吸入礦內的毒氣而死，甚至被塌落的沙泥埋沒，在礦洞內因工殉職者不知凡幾，所以礦內怨氣極重。而且採礦業內有一個傳統，就是女性不可進入礦坑，否則會招來不祥的事。

男女結伴入礦場探靈

到了上世紀90年代，礦洞已經荒廢，傳聞有3男1女到馬鞍山礦場探險，不理警告標示，打開電筒，從洞口鐵欄的一小處缺口進入，初段的路途還算好走，但當深入一點時，便是一段泥濘路，同時相當潮濕。

▲ 荒廢的礦洞竟然有……

隨著一條微微向下的鐵路遺跡往下走時，礦洞也越來越狹窄，僅得5呎多高，最嚇人的是支撐礦洞頂部的工字鐵及木方竟有點彎曲。

這時，從洞內傳來一些雀鳥的叫聲，他們開始奇怪荒廢的礦洞內怎會有雀鳥呢？雀鳥聲愈來愈近，當他們再往前走時，從微弱的光線下看見一個駝背的老人，手拿著鳥籠，擋在前面的去路。

靈異老人趕人出礦洞

老人一見到他們，便立即憤怒地指著他們同行的女子說：「佢唔入得！走！走！走！」鳥籠內的一隻相思雀，也隨著他的喝罵聲而不停地吱吱地叫。

他們被這個突然出現的陌生人嚇了一跳，也被他擋住不得前進，由於不知對方身份，加上自己潛入禁地的確理虧在先，於是只好按照他意思慢慢往後退。忽然，那老人大聲說：「快啲走！再唔走係唔係想死在這裡？」

這時，他們發覺有點不妥，電筒的燈光竟能穿透那老人慘白的臉容，而且身體還呈現半透明的形態！ 4 人立即往出口方向逃跑，也在漆黑且狹窄的礦洞跌過多次，好不容易才逃出礦洞。

幸好，那老人並沒有尾隨。這時天已全黑，他們先經過馬鞍山村和郊野公園，再沿路摸黑步行下山。他們正想鬆一口氣之際，忽然又再聽到陣陣的相思雀叫聲，赫然看見剛才在洞中看見的老人，站在一塊寫上一個紅色佛字的大石前面，於是眾人用顫抖的聲音向他說聲對不起，便頭也不回地飛奔離開。

鯉魚精顯靈之謎

藍地水塘位於屯門區的藍地，傳聞曾有多名村民在水塘不幸死亡，附近居民都認為這個水塘特別邪門，更有老村民説每逢鬼節，這裡都必定會發生意外。

某年的 4 月，有人在藍地水塘發現一具嬰兒屍體，自此村民把此地列為禁地，嚴禁小孩進入。

藍地水塘本來是天然的儲水區，但近年已經廢棄。之後，有不少兒童在水塘裡暢泳及捉魚。不過，福亨村水塘附近有村民透露，指小時候已經有石廠工人用石塊圍起這個水塘，懷疑水塘鬧鬼。

他指，鬧鬼傳聞其實應該是鯉魚精作怪，皆因他 10 歲的時候，村中有村民看見水塘有一條鯉魚，魚身閃閃發光，非常美麗，而且一點也不怕人，因為村民十分喜歡這條魚，便打算捉這條鯉魚回家，可是牠動也不動，很快就被村民捉走了，豈料過了 3 天，那名村民竟跑到水塘邊自盡，而這條鯉魚卻從此失蹤……

另外，亦有人説鯉魚精喜歡在近岸游來游去，先吸引小童注意後，再拖小童進水，並將之溺斃。

照片裏的鬼兄妹

香港鬧鬼的地方多不勝數，但數到最猛鬼的地方，一定要數大埔滘山的怒水橋。

1955 年 8 月 28 日，有群師生來怒水橋旅行，並在溪澗旁午膳，期間突然下起大雨，師生紛紛躲到怒水橋的橋底避雨，豈料此時山洪暴發，一陣洪水急湧而至，各師生走避不及被洪水沖走。此事發生後，不少人聲稱在怒水橋撞鬼。

有人經過此橋時曾見到橋下有一群小朋友向他招手，亦有人甚至會被神秘力量推下河。雖然現在怒水橋已加設欄杆，但仍然不斷發生意外，令鬧鬼傳聞越傳越大……

有傳，司機在夜晚駕駛經過怒水橋時，在橋邊經常看見一個白濛濛的人影。另外，亦有女歌手小時候跟父親經過該處，看見有對兄妹在路邊，像迷了路一樣。當時她父親好心便接他們上車，兄妹跟女歌手很投契，3 人還拍了張照片留為紀念，豈料十多年後，女歌手再看那張照片時，嚇見照片中的兄妹竟然已經長大成人……

得罪靈石頻生意外

政府在 1976 年打算在屯門發展新市鎮，並在青山灣填海興建 3 聖村，以及擴建青山公路，所以要將該處海邊一帶的石塊全部清理。起初，工程一切順利，較細的石塊可輕易鑿去，而大的石塊則以爆破形式清除。

可是直到需要爆破巨石時，怪事就發生了，爆破巨石前一晚，工人竟突然全部染上怪病，結果第二天的工程被迫暫停。其後，政府每當計劃爆破巨石前，負責爆破的工人都會無故身體不適，令工程久久不能繼續。

當時的工人非常害怕，認為之前的工程已得罪了靈石，因此不敢再開工。

之後，承建商説服工人後，又再一次爆破工程，但怪事又再一次發生，巨石竟在爆破後絲毫無損，甚至有工人發現石隙中流出紅色液體！坊間認為此石極具靈氣，凝聚了麒麟崗的精華，而青山灣對開海面有個玉鼠島，並受鼠精所依附，當地村民認為鼠精能夠庇佑該他們。最後，街坊要求與當局理論，希望研究修改公路圖則來保留靈石。

極力主張炸石 高官兒子猝死

當時新界民政署有一位外籍高官，並不相信靈石之説，更認為這是無稽之談，還堅持要將大石炸毀，於是再次計劃爆石工程，可是爆石工程前夕，高官的兒子竟突然在一宗交通意外中無故猝死……

後來，街坊聯同三聖廟和當局對抗周旋到底，最後，該段擴建的青山公路便繞過該巨石而行，而當時的新界民政署署長，更依麒麟崗上之三聖廟之名，將青山灣易名為「三聖墟」，以作紀念。

後來，在填海所得之地建成的公共屋村，命名為「三聖村」，巨石旁邊也豎立了石碑，石碑上寫著「屯門三聖墟村未填海前，其岸線原以此石為界，謹泐貞著以追憶舊日漁村，並象徵新市建設。1981年立」。

時至今日，每逢初一、十五，仍有不少人在該巨石前膜拜，有些人甚至會把從家中請走的土地神像「放置」在石旁。

摩星嶺撞鬼傳聞

摩星嶺在二次世界大戰時曾建有一個要塞用來抵禦日軍，所以現在仍遺下不少炮台和碉堡等軍事設施，吸引不少 War Game 迷前往。可是上得山多終遇虎，傳聞有一群年青人到山上開戰期間遇上靈異事件。

有天，當他們到達摩星嶺後，天色已差不多全黑了，但他們都配有夜視鏡，可以看見四周事物。他們分成兩隊人各佔山頭部署準備開戰。這時一名年青人躲在一個隱蔽的碉堡，用夜視鏡四處視察環境，卻發現在鏡頭中看見不遠處有群人。但他移開夜視鏡時，卻看不見任何人。

他起初以為只是天色太暗所致，後來他仔細一想，對方哪有這麼多人呢？而且沿途也沒有看見其他人。他細心地觀察那群人，才知道那些人是身穿二次大戰時的日軍軍服！

字彈穿透「人」的身體

這時戰事開始了，有個男生看見不遠處有一名「敵軍」，於是興奮地向其「開火」。可是，他射了幾下便發覺不對勁，因為他朦朧間看見對方的軍服，根本不是隊友和對方敵方隊伍的人，而且氣槍子彈竟能穿透這人半透明的身體！

他開始懷疑所「攻擊」的是靈體，可是這時那名「敵軍」似乎動怒了，並朝他而來。他害怕之際，立即拼命地向下走。直至走到碉堡附近，突然隱約聽到一把聲音說：「過嚟呢邊啦，我會睇住你！」

他向聲音的方看去，卻見到有數十個被棄置的神位，別無選擇的情況下，走到那處暫避。神奇的是，在背後追趕他的人影突然消失，男生探頭一看，也看不見「追兵」。於是，他便慌忙地致電其餘隊友，提早結束戰事下山。

後來當他們安全離開，他才知道不單自己遇到這些怪事，原來其他隊友也見到那些「敵軍」，甚至有人見到整隊日軍在軍操！第二天，他們特意來到神位前拜祭，以作為酬謝，才心安理得地離開。

藍地水塘的淒厲呼喚

藍地水塘不但傳聞有鯉魚精，還有鬼的呼喚。曾有女村民表示，大約在 20 年前，當時的自來水是由這個水塘供應，不少村民常在塘上開喉取水。有次四周無人下，她帶著家犬來到塘邊取水，並肯定當時沒有人在場，卻忽然發現身邊的家犬看著山邊，大吠大吵，還失常地不斷轉來轉去，像發瘋一樣。然後，她便聽到有一把淒厲的叫聲傳來，不斷呼喚著她的名字……她嚇得大驚之下，立即帶家犬跑回家。

女聲呼喚下水

除了這名女村民聽過有人呼喚自己的名字，另外亦有人遇過女鬼的呼喚。一名叫張太的女村民表示，幾年前，曾有個男人迷迷糊糊地向水塘方向走去，好彩當時附近有村民喝著他，否則必定衝進水塘內！事後，有人問他發生甚麼事，他竟説有把女人聲叫他向水塘走去……

日日行塘邊竟離奇迷路

另有村民透露，他家中的伯伯有次如常地在天光時，到塘邊樹林行山，可是這次卻花了大半天！奇怪的是他每天都行，應該對山路非常熟識，而且山頭不大，怎會迷路呢？

伯伯發現自己越行越不妥時，在樹林中走了好幾遍，竟然不能走出來。伯伯越想越覺得自己怎麼可能走錯路，還覺得自己很奇怪。幸好到最後，他一邊誦經唸佛求神保佑，花上半天找到出路，最後才能回家去。

猛鬼鎖羅盤

如今已成為荒廢村落的鎖羅盤，位於新界東北沙頭角的慶春約，由 7 條村組成，早在清代已名為「鎖羅盤」。據聞日治時期，有兩兄弟回村慶祝太平清醮，當回到村後，看見所有祭品、食物，全都整理妥當地放好，禽畜家犬安然無恙，沒有打鬥痕跡，可就是村內一片死寂，一個人都沒有……

後來，有人流傳是因為當時有瘟疫，因此所有村民已經即時搬離，但又有說當年村民全被日軍屠殺。傳聞言之鑿鑿，但也解不開鎖羅盤突然荒廢之謎，所以又有人傳鎖羅盤是一條「鬼村」。

人人鬼掩眼

要進入鎖羅盤並不容易，因為鎖羅盤山路被草林埋住，只有在北區執勤的警察才懂得入村。近年，政府部門已在該處設立指示牌，而山路有時會有人除去荒草。而有遠足愛好者表示，他曾經入村探險，只見村屋家具仍見整齊，大門亦沒有上鎖，根本沒有被廢棄的感覺！但現在可能是去探險的人多了，而且日子也久了，村屋開始破舊。可是，亦有人表示看到家具整齊，彷彿有村民慶祝節日。

▲ 莫非是鬼掩眼，所以人人看到不同情況？

時空錯亂變鬼村？

鎖羅盤村附近有種稱為「羅盤被鎖」的離奇現象，因為該地區的磁場效應令到指南針失效，指針就像是沒有找到正北位似的。入到村內時，可嗅到祭神的香火氣味，看到鬼村居室佈置整齊，有的甚至還有飯菜在桌上！完全不可能相信是是被荒廢的村落。再過了不久後，有人再次造訪此地，當時鎖羅盤已是一條完全荒廢的村落，在鎖羅盤所見到的怪異現象令他們感到不寒而慄，於是都急急離開，幸好他們熟悉該處，在指南針失靈後安全離開「鬼村」。

到底他們當日所見的鎖羅盤，是時空錯亂、鬼掩眼，還是入錯村？

寶華園猛鬼上身事件

傳聞南丫島的榕樹灣附近的寶華園，在很久以前是滿山墳頭的墓園，後來才逐漸發展成住宅區，但現在的山路兩旁，仍有不少山墳保存。

寶華園地下有個單位，雖然外面有一個環境清幽的小花園，但每一次租出後，住客都很快退租搬走。

有次一個外籍租客，一家 3 口搬入居住後，未學懂説話的小孩突然非常活躍，甚至在半夜起床獨自玩耍，而且學懂很多語言，夫婦起初都不懂他説甚麼，還以為只是發育期的正常表現。

直至一天，他們在附近的餐廳午膳，小孩不斷重複一句説話，夫婦同樣完全聽不懂。之後一個坐在後面的食客上前用英語問他們，小孩是不是發生甚麼事，夫婦都表示不清楚，反問他究竟小孩説甚麼。

那食客説小孩是説廣東話，並為夫婦當翻譯，又説希望他們不要介意，然後直譯小孩一直在重複地説的話：「死鬼佬，再唔搬殺你全家！」

男戶主聽後恍然大悟，知道這個單位有古怪，於是便立刻找地方搬走了。

恐怖古堡秘聞

在 30 年代時，一個姓余的富商對英式古堡情有獨鍾，曾在香港興建了 3 座古堡式的大宅，分別位於淺水灣、般咸道和大埔，均取名「余園」。不過，這 3 座大宅到了 80 年代時，因為余家後人紛紛移居海外，3 座余園經年荒廢，最後亦逐一變賣。

可是，這 3 座余園在 80 年代時，卻曾傳出無數鬧鬼傳聞。

疑中降死　唐裝鬼魂佔據大埔余園

有一個余氏後人曾任電視台董事局主席，可惜在 80 年代時因怪病而亡，及後更令電視台產生股權大變動。

當時盛傳，該余氏後人原來是因為在印度誤中降頭，最後體內爆蟲而死的。自他死後，位於大埔的余園不久後便荒廢了。

自大埔余園荒廢後，曾多次傳出只要一到晚上，便會出現身穿唐裝服的鬼影，甚至有探靈者在夜探古堡後大病一場。

般咸道余園鬼影幢幢

而位於般咸道的古堡，原址位於半山警署對面，荒廢後曾經有傳，住在般咸道附近的外籍人士，有一晚路經古堡，當他望上古堡的窗口時，竟然看到一個凌空的人頭，這個人頭更扎了長辮子，卻沒有人體！

此外，亦有路人行經古堡時，見到有一個穿白衣的鬼影向他揮手，嚇得他立即拔腿就跑。

淺水灣古堡赫見棺材埋水下

位於淺水灣的余園古堡，自荒廢後更鬧出無數駭人傳聞。

曾經有一個小童一時貪玩，獨自進入古堡探險。過了一會兒，有人便看見他一臉慌張地逃出古堡，而且臉色發白，出來後過了兩天更因發高燒而死亡！自此，住在淺水灣的居民便不再讓自己的小孩進入古堡，因為他們深信古堡裡有神明守護，只要出入古堡，便會得罪神明，不得好死。

不過無論傳聞傳得有幾沸騰，也不能阻止外地人冒死進入古堡探靈。

有一次，有一個外地人想進入古堡參觀，居民曾勸他不要進去，還跟他説會得罪鬼神。怎料，那個外地人説一點都不相信鬼神便頭也不回地衝進去。

過了一會，居民便見他走出來，跟小童一樣都是臉色發白，而且無論居民跟他説甚麼他都不理會，只是目光呆滯地離開了淺水灣。後來那個人便因為精神失常而送入精神病院。

究竟那人看到甚麼，令他大受刺激？有人便想設法從他的口中探出話來。

幾經辛苦，終於讓他探出口風，卻得來一個驚人的發現：

原來探險的人一入古堡，便見到很多房間，就像一個迷宮一樣。當他勘探到一個花園時，竟然看見一個棺材！

不過最奇怪的是，這個棺材不是埋在土地裡，而是在一片湖水下面！在湖水兩旁還有兩棵老樹，似乎是一個風水局……

興建余園是為求長生不死

當探聽出余園設有風水局時，旁聽的人似乎開始了解興建余園的真正原因！

那人立即追尋，竟然發現余氏家族之所以要興建余園，原來是因為有風水師告訴余氏，只要他不斷興建古堡，便可令他長壽，在古堡中設置風水陣，更可福蔭子孫！

但曾任電視台董事局主席的余氏後人死於非命，是否風水陣被破，還是風水師不學無術所致？3 座余園為何又會不斷傳出鬧鬼傳聞，而余氏後人為何要移居外地？

難道是為了掩飾長生不死的訣竅？

這些問題，則無從得知了……

銅鑼灣商場消失了的樓層

原來銅鑼灣的商場有很多神秘的傳聞，當中要數最出色的莫過於已結業的三 X 商場。

三越鬼小孩玩轉貨廠

三 X 百貨雖然已經光榮結業，但該公司的怪異事件仍然滿天飛。其中最多人談論是公司地庫以往曾有小童枉死在內，因此每晚熄燈後，該小童均會現身，把玩娃娃公仔及玩具，玩完之後更會頑皮地將其他物件掃跌，當職員在早上上班時發現全層如被「洗劫」過一樣，亂七八糟，即時嚇至目瞪口呆。

另外，亦有傳聞指出，該處在香港淪陷時期曾被用作平民亂葬崗，因此每晚 12 點後，公司地庫都會鬼影幢幢，有保安員更曾見到日軍操兵的場面，其後該保安員即大病一場，之後更自動離職。亦有人看到不同的公仔模特兒竟然在半夜時，於地牢走來走去，又有職員聲稱自己的公仔模特兒在她下班時穿著套裝的，過了一晚後，她卻發現「模特兒」更換了衣服，令她嚇得不能言語，久久未能平伏心情！

消失的第 8 層

在某著名商場逛街時，會經歷到奇怪的事情。就是在 7 樓上 9 樓期間，大家會經過一層的「8 樓」， 那層 8 樓只有百幾二百呎的面積，僅僅夠容納另一條電梯往 9 樓，大家有沒有想過為甚麼會沒了 8 樓呢？

原來起初著名商場只用了 7 樓以下的面積，8 樓和 9 樓都是空置的，到後來越來越多人行，著名商場才決定用 8 樓擺放寢室用品，但當所有東西放上去後，第二日所有貨品都會「大移位」亂曬，好像玩了大風吹一樣。此外當保安坐電梯上去時，無論按幾多層電梯都只開 8 樓，不開其他層數，最後竟然發現 8 樓根本早被冤魂侵占，由於數目太多無法趕走它們，所以就不開放第 8 層樓，讓它們留在 8 樓，不要騷擾到其他樓層。

雖然著名商場的管理層已多次否認有關消息，但無數保安和職員都在網上言之鑿鑿地表示確有此事……

到底，是不是真有其事，又是不是有鬼在商場內陰魂不散呢？

大師看風水看破兩大商場鬧鬼事件

有人曾請了風水大師看，一看相隔一條馬路的三 X 和著名商場的風水是不是出了問題，風水大師聲稱兩間商場也充滿了冤魂，即使做法事也無補於事，只能鎮壓著它們，以免它們破商場而出，令銅鑼灣免受冤魂騷擾。

九鐵猛鬼廣告

1993年，九鐵拍了一條廣告片，卻傳出了集體見鬼的傳聞！廣告片長約40多秒，內容是6名小孩在森林裡扮着火車地玩遊戲，但因為音樂和場景也頗為陰森，而且在廣告後段出現了令人費解的事，有人説第3個小朋友面無血色，更有指嘴角流血！

整個廣告可分為3段，第1段就是打橫影著小朋友的腳，最後一個小朋友是穿長褲的，應該是個男孩。到了第2段，就是鏡頭從小朋友的正前面拍攝他們在玩火車，左搖右擺，但當鏡頭將近完結的時候，最後一個小朋友的頭是紮辮的！到了第3段就是出字幕，由後面往前再看小朋友們，卻又是男孩……究竟第二幕紮辮的一個是誰？

自謠言一起，事件便越描越誇張，有傳最尾的紮辮小孩其實已經死了，甚至是廣告的製作人員和小孩全部死光。更有傳第3個小孩的肩膀開始時沒有手，後來卻有，那隻手較大兼是綠色的！

但九鐵未有作出澄清，又沒有將問題廣告抽起停播，事情越鬧越大，整個香港都討論此事。最後，九鐵聯同香港幾大傳媒一同返回拍攝地點，找回所有有份參與拍攝的小朋友，證明所有小朋友仍然健在，也沒有嘴角流血和綠色巨手這一回事。

九鐵更指出是剪接問題，由於我們平日看到的廣告版本是經過拍攝多次，最後選取最好的駁成一起，但是廣告出街之前卻沒有察覺這樣的問題，於是就出現了3個片段人物不協調的情況，事後九鐵向各傳媒公開其他片段，證明九鐵沒有説謊。

但時至今日，仍然有人深信這件事並非這麼簡單……

舊立法會大樓詭異傳聞

位於遮打花園的舊立法會大樓已有百年歷史，絕對稱得上歷史悠久的古蹟。它在日治時期，見證了戰火洗禮，以及慘絕人寰的歷史，無數冤魂愛在這裡流連，曾有立法會議員報稱在立法會大樓內撞鬼！

猛鬼地牢

舊立法會大樓經常鬧鬼，特別是地底的樓層最猛鬼，原來立法會之初，底層是監牢，用作囚禁犯人。日治時期，舊立法會大樓被日軍佔據，並改為日軍憲兵總部，地牢亦理所當然變成囚禁犯人的監倉。

據聞在日治期間地牢內囚禁了不少香港人和英國人，而且很多都慘被折磨死在牢中，所以多數鬧鬼的傳説都由地底樓層傳出。

傳聞戰時日軍把地牢改建為拷問房，甚至直接在裡面處決了不少戰俘和間諜。此後，曾經有人聲稱在地底樓層見到鬼影飄過，又有職員説，只要一到入夜，底層就會傳出鐵鏈拖行的聲音……

議員接二連三撞鬼

一位張姓的議員曾在深夜回舊立法會大樓工作，當時 3 樓的燈已整層關了，四處黑得伸手不見 5 指。可他卻在一部本來已經關了機的螢幕中，看見一個身穿和服的女人從螢幕中出來，嚇得他立即離開。

之後，這名議員向其他同事提過此事，其他同事竟説曾經在 2 樓工作至深夜時，突然聽到 3 樓傳來操兵聲音，像有一隊軍隊經過一樣，腳步聲中還夾雜日語對話的聲音。

青山灣泳灘鬼手

青山灣泳灘斜對面的志樂別墅，隱藏在林蔭大樹內，正門有鐵鏈和大閘鎖緊，令人難以進入。

在 1955 年有名已故的商人用重金購入屯門公路青山灣段 116 號整幅政府地皮，並修建一座富有氣派的園林式豪宅，並命為「志樂別墅」。

傳聞曾有富商在別墅被禁錮，更有人説被藏屍在別墅的工人房內，令到富商的冤魂不息。因此，志樂別墅的傳聞沒有停止，別墅旁邊海景花園的住客表示，經常在深夜聽到大宅內傳出怪聲，更有人看見有些白影在小山丘上的涼亭飄過……

1990 年代中，空置的志樂別墅很受 War Game 迷歡迎，不少人前來「開戰」，很多鬧鬼傳聞都由他們傳出來。

有晚，一群年青人在志樂別墅打野戰，兵分兩組作攻防戰，其中一方在主座做防守，另一方做進攻。守方派人到涼亭內埋伏，還試圖狙擊敵人，可是狙擊手等候敵方來臨期間，突然覺得有人把手搭在他肩膀，他本能地撥開説：「唔好玩啦！敵軍就黎喇！」

可是當他回頭一看，發現身後沒有人，於是再向下望，卻赫然發現，原來剛剛搭他肩膀的手，竟然就是地上的斷手！最終，年青人被嚇至魂飛魄散，立即飛奔離開，情急之下，竟然在長廊跳進花園，就此摔斷了一隻手……

三山王顯靈

坪石舊區的居民有個習慣，就是「敬天地、畏鬼神」，而區內的神祇更是不可或缺。坪石的守護神是「三山國王」，「三山」即是指廣東潮州地區的獨山、巾山和明山，三山國王約 200 多年前在約坪石區立廟，多年來香火不絕。

坪石的「三山國王廟」曾傳出怪事，甚至有傳三山國王廟顯靈救人！

據說在 90 年代三山國王廟曾有一次神靈顯靈。在 8 月的某晚，一個密斗貨車司機沿觀塘道東行駕駛，在駛近坪石區時，拖車的掛勾突然無故鬆開，貨車橫跨四條行車線後直剷上行人路。

當時，正好有 3 名父子路過該行人路，突然看見一道金光從三山國王廟傳來，他們停下腳步看著廟。此時，貨車在他們面前衝過，並撞毀了廟宇前的鐵網，然後再跌落廟前空地才停下來。街坊紛紛相信是三山國王顯靈，才救回那 3 人的性命。

前警察學校撞邪怪談

三山國王廟旁邊有一條小路，小路的盡頭有一座前警察偵緝訓練學校，現已荒廢。該校由兩座建築物組成，一座是皇家軍官俱樂部，另一座是軍官宿舍，同時設有營房及防空洞等軍事設施。

日佔期間，兩座大樓均被日軍用作軍營，並用來審問犯人的地方。有大量戰俘和平民在後山的防空洞內慘遭殺害。二次大戰後，該處被交還給英軍，但其後一直空置，只是間中有軍人前來集訓。

1978 年，該建築物歸給政府，並改建成警察偵緝訓練學校。據説該處入夜後，防空洞內時常會傳出陣陣嚎哭聲，甚至不時有一團團白影從洞內飄出，往大樓的騎樓飄去。

滿身是泥的「男人」

傳説有學員黃昏時在大樓洗手間內，看見一個廁格半掩，裡面還傳出一些聲響。因為該學員受過專業訓練，條件反射下立即趴在地上，並望向廁格門底，可是甚麼都沒看到，於是細心一聽，發現裡面傳出的聲音是一陣哭泣聲。

他擔心可能有人出了事，於是大膽推開廁格門。結果，廁格裡面竟然不見人影！

起初，他以為自己聽錯，當打算轉身離去時，卻在轉身的一瞬間，赫然看見鏡中有一個滿身泥濘的男人在廁格，更恐怖是他並沒有腳！他轉身再看廁格，卻是一個人都沒有！

此時，該學員已驚恐得立即拔足而逃……

東華義莊異變屍首

東華義莊位於香港島薄扶林沙灣的大口環道，是由香港東華三院於 1875 年成立的一家義莊。香港開埠早期，國內和海外都有不少人來港打工，由於當時冷藏技術不普遍，如有人不幸身故，屍體容易腐爛發臭，所以通常都會將屍體先行入殮再暫存義莊，待後人來港再移送回鄉下葬。

1960 年代是東華義莊的全盛時期，當時義莊內共有靈柩 600 具，人骨逾 8000 副，直到火葬在香港普及後，寄存的棺木及人骨才陸續減少。正正在東華義莊的全盛時期，曾發生過鬧殭屍事件，甚至有傳當時的英國政治部亦有插手此事。

1980 年代，無論晚間和早上，都接到有人投訴，指空無一人的東華義莊內某處常常傳出一些聲響，有工作人員趕到，並透過窗外看見室內人形的實體在蠕動，可是無人敢進入義莊，即使將事件向上匯報，高層反覆調查亦束手無策，有人指義莊內晃動的是一隻殭屍。有傳該隻殭屍是男性，骷髏骨的形態，而且走得很慢很慢。

▲ **異變屍首嚇死你！**

傳聞之後請了位作風低調的茅山溫氏後人來負責捉殭屍，當時在場的人除了溫師傅外，還有兩位家族成員，東華三院的職員以及警方協助處理。最後，法師捉走 4 隻殭屍，殭屍的棺木現存在義莊內的密室，溫師傅全部都用墨斗繩繫上棺材，再用黑狗血網住每一副棺材，並禁止任何人進入密室，即使後來義莊於 2003 年修葺，都無法進入。

金鐘兵房的鬼叫聲

香港在昔日英治初期，金鐘本來就是域多利兵房、海軍基地和不少其他政府辦事處的集中地。金鐘兵房現已重建為香港公園和太古廣場。

當年空置的兵房在拆卸前，鬧鬼事年頻頻傳出。

傳聞在夜間，不少人在經過兵房時，都會聽到淒厲的慘叫聲，而且都是在兵房傳出，究竟點解會傳出慘叫聲呢？

原來 1941 年 12 月 8 日，日軍十多架轟炸機飛抵香港上空，首先就向金鐘兵房投下多枚炸彈。當時「金鐘兵房」的地底防空洞入口被炸，入口被封閉，許多人都死在防空洞裡。

另外，今天的太古廣場地庫正是地底防空洞入口所在地，據聞有保安員在閉路電視，經常看見地庫有英軍步操。

死亡人數最多的美利樓

赤柱的美利樓，原址位於香港島的中環區，後來遷往赤柱繼續保存，建於 1844 年，已有百幾年歷史，是香港的一級歷史建築物。

二次大戰香港淪陷時，日軍將原為英軍軍營的美利樓，改為「日本憲兵部辦事處」及「日本軍事統師部」，裡面亦設有不少囚犯室及用作刑場，聽聞被殺害的人至少超過四千多人。除醫院之外，美利樓可說是死亡人數最多的建築物。

突然出現的打字機

上世紀 6、70 年代，美利樓已頻頻傳出鬧鬼事件。傳聞有職員晚晚見到有無頭鬼徘徊，嚇得職員再也不敢在晚上獨自一人工作。另外，亦有傳很多職員在辦公室裡，都經常聽到奇怪的打字聲，但詭異的是當時並沒有人在使用打字機！

某晚，更有職員發現全部打字機在一夜之間被搬在地上。而美利樓的門外，亦經常無故發生交通意外，嚇得職員人心惶惶。

破天荒的超渡儀式

港英政府得悉後，為了安撫人心，不但請了牧師和神父在大樓內驅鬼，更請了 60 多名高僧在美利樓外為作法，超度冤魂！

1982 年，因香港中銀大廈建築工程，美利樓被分拆成超過 3000 多件組件，並在赤柱組裝成現在的美利樓，但鬧鬼之事仍然時有發生……

猛鬼雷生春怪談

「雷生春」是九龍巴士公司創辦人雷亮的物業，目前業權由他的後人所有。而該大屋建成於 1934 年，當時的雷亮和同鄉兄弟雷瑞德，合資在九龍經營巴士。雷瑞德既是中醫，亦兼醫跌打，招牌正正就是「雷生春」。雷亮在建了這大屋後，雷瑞德就在那開設醫館及藥材店，在當時的深水埗、旺角區十分出名。

▲ 清拆雷生春頻頻發生怪事！

雷氏祖先十分重視「雷生春」，曾下令任何情況都不得變賣或拆卸。雖然如此，後人最後還是決定將雷生春清拆，但當地盤的工人動工時，竟然一同遇上怪事。之後，更傳出連綿不絕的猛鬼傳聞……

無故失蹤的工具

傳聞工人拆卸「雷生春」初期，不少工人突然病倒，但工程仍然繼續。

直至有一天，一名工人聽到樓上傳來工具撞擊的聲響，於是好奇之下連忙上樓查看。但是，他發現樓上原來是空無一人，而且所有工具都不翼而飛……自此，「雷生春」便再沒有拆卸工程。

深宵開鬼魂派對

「雷生春」不能拆卸，卻又日久失修的原故，整座樓都變得陰陰森森。更有人説曾在深夜時份，看見古屋上層竟然燈火通明，而且人聲鼎沸，像是正在舉行熱鬧的派對。但是，這古屋丟空已久，怎會有「人」在深宵狂歡？

娛苑——陰邪豪宅

娛苑於 1927 年興建，位於在元朗東頭圍鄉公所旁邊，附近就是朗屏邨。據說娛苑本來是蔡氏一族的祖居，戰後有一段時間，大屋的花園更曾開放給公眾作遊樂園，現時更被列為香港歷史古蹟。上世紀 80 年代中後期，這間無人居住的大屋，卻傳出鬧鬼傳聞，至於為何會鬧鬼，則有各種不同的說法。

據說娛苑本來的位置，正正處於亂葬崗之上，曾經有人在此務農，卻甚麼也種不出來。後來建成大屋後，蔡姓族人入住，只要一到夜晚便絕不會踏出門外半步，夜間所有事都要傭人代勞。

另有傳說指，日軍進攻香港時，曾把大屋用作元朗司令部，屋內死人無數，所以戰後鬧鬼不斷。直到 80 年代，屋主及家人最終忍受不住才搬走。

7 婢女一齊死

娛苑最著名的鬧鬼傳說，就是 7 名婢女一夜死亡的傳說。娛苑的屋主曾妻妾成群，但有人對家中的 7 個女侍婢心生嫉妒，於是設計把她們推落大宅旁的池塘，7 人都被活生生淹死。

▲ 已荒廢的娛苑

直到大宅丟空後，便常常鬧鬼，即使後來池塘被填平，但在深夜仍有路過的村民聽到一群悽厲的女子呼救聲。

夜傳淒厲女鬼聲

有傳指，自從大屋丟空以來，每當夜深人靜時，有人總會聽見女人的怪叫聲和哭喊聲，曾有村民夜晚行過屋外，抬頭驚見一個穿白衣的人影，並在二樓騎樓行過。當時大屋荒廢已久，不可能有任何人，那人大驚之下急急離開，卻竟然聽見從後傳來陣陣哭聲，於是立即極速跑回家。但有居住在娛苑旁邊的村民卻指，娛苑之所以傳出鬧鬼，可能是因為有年青人入去探險惡作劇所致，可是究竟實情如何，則不得而知。

海防博物館的半身女鬼

筲箕灣海防博物館是不少人假日消閒玩樂的好去處，但原來博物館本身由真正的炮台和兵房改成，博物館開幕前，曾傳出不少鬧鬼事件……

大概 2001 年左右，一名夜更保安員聲稱在下午大約 6 時左右，在博物館內遇見一個女人，頭髮長至蓋腰，卻看不清容貌。本來沒有甚麼特別，但仔細一看，那女人竟原來只有上半身，而且還飄浮在半空中！

另外，亦有保安員透露，曾經在晚上獨自一人巡邏時，路經「布雷房」和碉堡，聽到有女性的尖叫聲，但又不知道是從何處傳來，甚至有一次，還聽到那把女聲在他耳邊低聲地說：「去死！」

隨後，又有名在該館任職的保安主管說，曾在早上由山上步行巡邏至山腳的海濱，卻看見一名老婦游完水上岸，並與他擦身而過。但當他回頭一看時，該名老婦卻消失得無影無蹤！當他望回山頂的時候，竟在山頂上發現那個剛才游完水的老婦！別說一名老婦，即使建壯的年青人也沒有這種「神力」，可以在幾秒之間從山下的海岸登上山頂，如果不是鬼，甚麼「人」會有如此力量呢？

高街鬼屋

香港著名最猛鬼的地方，就是位於西營盤的高街鬼屋，而且曾經不少人都會冒名而來探靈。

由於高街以前曾是一間麻瘋病院，而且以前麻瘋病是極為嚴重的疾病，患者都需要完全隔離，病人如果送入高街的麻瘋病院，便意味著永遠都沒可能再出來，只有死在裡面，所以那裡積聚了不少怨氣。

傳聞曾有精神病人在地庫撼頭埋牆自殺，之後便有人經常聽到地庫傳出撞擊的聲音。

後來日治時期，日軍把高街鬼屋當成刑場，殺害了無數的中國人，令該處的怨氣如衝天的怒火，一發不可收拾！香港重光後，雖然高街鬼屋不再是刑場，但仍然頻頻傳出鬧鬼之事。

不少大膽的年青人喜歡去高街鬼屋探險，而當年吊死囚犯的閣樓雖然已拆卸，但若果進去探險的人時運低，很有可能會發現這個不存在的閣樓，並會目睹一幕幕慘被吊死的情況……

常寂園的心寒傳聞

香港各區都有不少鬧鬼傳聞，但原來於梅樹坑8號的梅樹坑公園內，有一座已荒廢百年的古廟叫常寂園。

這座古廟據説建於1854年，原名「性成堂」，已有百年歷史，曾供奉超過200位先人的靈龕，廟旁有一條通往後院的小路，一直通往一座普同塔，還安置了不少遺骨。全廟共有20多名僧人於廟內，但最後因為後繼無人而被荒廢至今，至於何時開始荒廢，就無從稽考。由於靈龕一直都無人打理，不少更已損毀不堪，先人的骨灰亦散落一地。

古廟附近遇女鬼

據傳曾有一名15歲的少年，深夜獨自踩單車路經梅樹坑的常寂園附近，突然迎面出現一個白衣女子，還不斷一邊向他招手，一邊大叫「車埋我啦！」，少年感覺深夜時份遇上這種事，十分不吉利，便「當睇唔到」，直行直過，豈料這位白衣女竟然迅間追上少年，用半鹹不淡的廣東話大喊「車埋我啦！」，少年驚恐之下，立即加速離開，卻不慎意外跌倒。這時候，這名白衣女子跑至他面前，卻正好有警察經過，白衣女才立即消失。

少年回家，把撞鬼一事告知母親，他的母親和叔叔馬上請來高人幫忙。高人還透露，該女鬼不是説「車埋我啦！」而是「執埋我啦！」，所以少年最後到常寂園附近，找出白衣女鬼的遺骨，並運往佛堂超渡，事情才告一段落。

修葺期間鬼事連篇

古廟後來經過修葺改建，已沒有昔日廢棄時的陰森可怖。但原來修葺期間，負責的工人都接二連三遇上怪事，例如開工時，不少工人無故突然病倒，甚至一直未見好轉，最後要請道士來作法，工程才可以繼續。另外又有雜工親眼看見一名唐裝男子，進入常寂園後便不知所蹤⋯⋯

普慶坊鬧鬼事件

在香港開埠初年，上環是最早期發展的區域，當時已有不少華人聚居於此。直至 19 世紀末，上環區部分房屋要拆卸重建，並改建成公園，這個公園便以當時港督的本名卜公 (Blake) 來命名，即我們所知的卜公花園 (Blake Garden)。公園旁邊的小街道原稱為「街市街」，多番重新命名後，才稱為現在的「普慶坊」，傳聞在日治期間，有不少平民在該處慘遭屠殺。

該區的老街坊之間流傳一件鬧鬼事件，傳說在 1949 年夏天的一個深夜，當居民還正在睡鄉之際，突然有人聽到街外人聲鼎沸，很多居民都被吵醒。其中一些居民探頭往窗外一看，竟看見街上有數輛卡車駛過，而且更有數百人在前面奔走，其中有不少人更不斷呼叫救命！

這個情況維持了整整 5 分鐘，之後大家猜想是淪陷期間，居民走難時兵荒馬亂的情景……

翌日，不少街坊議論紛紛，原來昨晚很多人也目睹這件怪事。大家都不約而同地認為日治期間不少人在區內被殺，因此冤魂不散，他們才會重遇當初走難時的情況。

嘉利大廈見鬼傳聞

1996 年嘉利大廈大火，消防員 20 小時全力撲救，但不幸仍造成 41 人死亡，大部份死者在 14、15 樓被活活燒死！最令人毛骨悚然的一幕，是多年前電視台拍攝到有人在窗邊求救，消防員正想辦法救援，轉眼間那人已被火燄噬變焦炭……

雖然嘉利大廈已被翻新改建，仍流傳許多怪異事件。

3 大見鬼傳聞：

1. 鬼電話虛報

在嘉利大廈附近的警署經常會收到嘉利大廈的火警報告，但經過追查下發現是虛報，而報案電話號碼，更是已被取消登記的嘉利大廈電話用戶，難道是燒死的鬼魂不散？

2. 人影徘徊

傳聞晚上有街坊途經大廈，居然見到有 20、30 個人影在窗邊徘徊，更有遊客見到大廈有人，以為只是有人晚上加班，誰知竟是看見大廈外牆飄浮痛苦的人臉面孔。

3. 青面女鬼

接報嘉利大廈舊址有人呼救，警員跟看更沿樓梯走到頂層調查，看更大叫有鬼即逃，電筒熄滅警員大驚，因有青面女鬼在暗角向他微笑，到電筒再次亮起，女鬼不知所終。

4 大撞鬼凶位：

嘉利大廈已被拆卸重建，並以名店林立的豪華氣勢重新登場，也許火海怨靈仍陰魂不散，一入夜，商廈鬼影幢幢，其中 4 大撞鬼凶位如下：

1. 11 樓

商場 11 樓沒電梯直達，要行樓梯，但 11 樓沒租戶，卻隱隱然有藍光照射，有些陰森的感覺。另外，商場內有很多大幅玻璃，玻璃多重折射，四面都有倒影，易令人產生幻覺。

2. 後樓梯位惹鬼

佐敦薈其中一層的後樓梯與某食肆後門相連接，食肆後門殘留食物味道，易招惹陰魂聚集。

3. 食肆置關公

某層食肆有一尊十多吋高的關公像神位，相信有辟邪治鬼作用，為甚麼要對住升降機門口？相信大家都應該知道發生甚麼事了。

4. 門口對正偏門生意

除了正門，商場另一道門對住夜總會等偏門生意，這也易令鬼仔聚集。

蠔涌白馬精作怪

西貢蠔涌車公廟已有 400 年歷史，比沙田車公廟早 200 年建成。建廟目的主要是為了紀念南宋末年的車大元帥。當年車大元帥護送宋帝昺南下避難，一直護駕到香港，並駐守西貢。後來獲道教奉為神明，並立廟供奉。

不過，蠔涌村村民在建廟後流傳了一個人人皆知的故事，相傳車公廟建成後，村民集資造了一隻白石馬給車公作坐騎。可是此後怪事便發生了，本來茂盛禾稻竟連年失收。另外，每天村民早上下田工作時，發現稻田的禾穗左歪右倒，泥上還留下野獸的足跡。最後村中父老請來風水先生幫忙，才知道是車公廟有白馬精作怪。於是村民拆下白石馬，把它埋在廟門外的空地下面，並且在地上放置了一個爐甕。白馬精擾村一事亦終告平息，村中回復太平，田野五穀豐收。

中區警署撞鬼怪事

前中區警署建於1864年，鄰近中央前裁判司署及前域多利監獄，3座建築物由一條小橋連在一起，但連接前中央裁判司署的小橋，卻常常發生怪事。

這條小橋長年封鎖，並在門上寫著「請勿開啟此門」的警告字句。據説，該小橋原本用來押解犯人的。而通往營房大樓的一邊，原本是中區警署的多用途演講室，警員通常會把犯人押著犯人行走這條捷徑，可是怪事就多發生在這個演講室。

演講室內設有神樓，以供奉關帝聖像。某夜，有個警署工人在這個室內睡覺，可是在半夢半睡中，忽然看見一群身穿囚犯服的「人」，一個個從連接小橋的門口飄進去，工人頓時嚇得目瞪口呆，本想立即離開，卻突然覺得全身無法動彈！好不容易等到天亮，工人馬上離開。自這件事以後，該名工人便再也不能説話，成了一個啞巴。

中區警署的鬧鬼事件

早期香港曾經有死刑，但只限絞刑，即我們所理解的「吊頸」，而絞刑過程是對外公開的。中環荷李活道的前中區警署，已有160多年的歷史，以域多利監獄和亞畢諾道的裁判司署為鄰，以前的死刑就在這裡執行，吊死了很多人，而且地方陰氣重，後來裁判司署搬

▲ 靈體出現嚇啞工人！

遷後，便提供給警察組織使用，此後便傳出不少怪事。

傳說有一名在域多利監獄任職的夜班懲教處職員，曾經透露每晚經常會聽到裁判司署傳出怪聲，聲音就像是死囚在吊死前的哀號，還叫說「我唔想死」，聲音不斷在他耳邊不斷迴蕩一樣。此外，亦有經常加班至夜深的職員表示，在下班的時候，時不時會看見一個個身穿囚犯衫的白影在附近飄浮遊蕩……

觀龍樓救命凶靈

一般人一聽到「鬼」，就會想起冤魂索命之類的恐怖事件，其實也有一些善鬼助人的個案！

塌樓前一刻

觀龍樓於 1968 年落成，後端的山嶺正是經常鬧鬼的摩星嶺。1994 年 7 月某日，當天下著傾盆大雨，晚上時觀龍樓下方的一幅護土牆斜坡受連場豪雨沖擊，突然整幅塌下！大量山泥石塊傾瀉到護土牆下一條通往村內的小徑及一處運動場，將途經現場小徑多名途人活埋，更造成 5 死 3 傷的慘劇。

當年住在觀龍樓的陳小姐有幸逃過一劫，而這一劫原來是一隻好心鬼幫她擋下。

怪聲救一命

陳小姐的工作需要輪班，那個難忘的晚上正下著傾盆大雨，而她卻要當值通宵班。她在 8 點多吃過晚飯後，因為怕下雨天會遇上交通擠塞，想早一點出門，但家中電話卻響起，電話筒傳來男朋友的聲音。她本想跟他傾談數句便算，但她男朋友卻侃侃而談，即使她示意趕時間，他也似是不想掛線似的，雙方拖拉了 10 分鐘，陳小姐感到有點不耐煩，同時間她也感到有點不妥，電話筒內雖是她男朋友的聲音，但説話內容不邊際，而他的語氣也略有不同，感覺上對方似是另一個人！

由於她趕住出門，便懶得去考究，匆匆說了聲「拜拜」後便收線。當她準備外出時，電話又再次響起，這次她並沒有接聽，便離開家門。

由於觀龍樓的電梯只停 4 的倍數的樓層，她所住的樓層沒有電梯，她便要沿樓梯走下兩層乘電梯。但她徒步往下走時，卻發覺自己走來走去也走不到有電梯那個樓層。

途中，她耳邊忽然響起一把聲音說：「唔好再行落去喇！危險啊！」

陳小姐開始感到驚慌，此時，樓下傳來一陣連續巨響，她急忙向下走，看一看發生甚麼事。這次終於讓她走到樓下，赫然見到觀龍樓下方有一幅護土牆倒塌了，她平時上班必經之路已被山泥和碎石掩蓋，要是她按原定時間上班的話，必遭山泥活埋……

事後，她和男朋友再聯絡，得知當晚他並沒有打電話來。究竟當日在電話內刻意拖延時間的是誰？對方是否和一連串的怪事有關？

觀龍樓的偷渡怨靈

幾十年前，偷渡客來港途中溺斃事件多不勝數，而觀龍樓就曾傳出過這則怪事。

傳聞中，觀龍樓有一家人一夜之間，全部離奇死在屋中，而屋內更是浸滿了一尺高的海水，還有海草塞著門縫。此事發生外，觀龍樓各戶人心惶惶，至到某天，竟然有多人目睹一隻全身被海草纏住的靈體爬上觀龍樓側面牆的大龍雕刻身上，然後像是水蒸氣一樣般消失了！

事後有玄學家分析說，這靈體是由偷渡怨靈藉著海草去凝聚出來的形體，當法師在大龍雕刻身上做了一場法事之後，觀龍樓的怪異事件便告終了。

詭異石獅噬人

上世紀 30 年代，外資的銀行總行大廈於中環落成，在大廈門前擺放了兩尊銅獅，一尊張嘴的銅獅，另一尊則是閉嘴的。

當年，銀行負責人表示之所以會擺放兩尊銅獅在大廈門前，是為了仿製上海總行而設，有守護銀行的意思。

能不能守護銀行尚不得知，但是，這兩尊銅獅卻惹來許多靈異傳聞！其中最令人訝異的，原來這兩尊銅獅在一開始時都是張開嘴的！

可是，究竟為甚麼現時在總行大廈門前的一對銅獅子，卻是一開嘴一合嘴呢？

銅獅幻化成形傷人

有傳在多年以前，有兩個警察巡經總行大廈時，突然感覺到有人用石頭丟向他們，他們到處找尋凶徒，最後竟然發現是總行大廈門前其中一隻石獅子不斷地用石頭射擊他們！

▲ 其中一隻石獅子不斷地用石頭射擊警察！

其中一名警察受驚之下便開槍射它，可是石獅沒有停止攻擊，反而射出更多石頭，那兩名警察反擊不下，只得抱頭鼠竄地逃走。

當時因為有警察開槍，所以驚動不少傳媒來爭相採訪，並將銅獅擊石傷人一事大肆報導，引起了警察內部的高度關注。

然而，這件靈異事件毫無科學根據，無論受害的兩名警察如何強調事件的真實性，仍很難令人信服，最後敵不過上頭的壓力，只得對外宣稱當時看見命案疑犯拒捕，於是開槍制止。即使警察內部作出嚴正聲明來穩定人心，但是仍然有警察陸續地目擊銅獅擊石的靈異事件！

銅獅口中滴血

銅獅擊石傷人的案件後不久，又有一對警察巡經總行大廈一帶，正當他們經過一條暗街附近時，驚見地上出現一滴滴血，於是跟着血路往暗街內部走。

當他們走了幾步，便聽到暗街傳來動物的咀嚼聲，於是拔槍向暗街內的「人」發出警告，但對方沒回應。正當他們僵持期間，其中一名警察突然看到暗街有一個大黑影在晃動，由於環境太黑，他們看得不太清楚，但是他們看見這個大黑影明顯不是「人」的形態！

過了一會，這個大黑影一「閃」，兩名警察走入暗街一看，卻發現有個人死了，而且看來像是被動物咬死。因為涉及人命，所以那對警察 Call 台要求增援，大隊警員到場搜查，卻赫然發現總行其中一隻銅獅的嘴旁染有血漬，而且口中更沾有血肉！

銅獅噬頭殺女童

銅獅咬死人的事件之後，有一日下午偶然出現了難得一見的日蝕。

在總行大廈日蝕之前幾秒，有幾個小朋友曾圍着那兩隻銅獅子追逐玩耍，日蝕的現象稍縱即逝，其中一個小朋友的媽媽卻赫然發現自己的孩子竟然跌坐在一隻銅獅的面前，往上一看頭顱已不知所蹤！

自己的孩子突然無辜喪命，婦人傷心欲絕而昏死過去。後來，有人發現大廈門前的銅獅本來張開的口竟然合上了，而它的嘴角竟然血跡斑斑！

請法師作法封銅獅嘴

有關銅獅害人的靈異傳聞不斷傳出，引起社會人士極度恐慌，銀行高層不得不請來法師作法，以穩定人心。

法師作法後終於知道四出害人的只是其中一隻銅獅子，於是便要求銀行負責人將這隻銅獅封上嘴巴，並下了一道強力符咒，令它不可以四處走動。

所以，至今途經銀行總行大廈，我們可以見到兩隻銅獅子是一隻張嘴，一隻閉嘴的，到底是不是因為要預防閉嘴的銅獅繼續害人所致呢？

藝人撞鬼篇

一代武打巨星暴斃，他的死亡原因一直都眾說紛紜，有人說是因為服食藥物致死，但真正原因至今仍然是個謎。據聞該位巨星的死狀甚為恐怖……

電視城一向都是猛鬼之地，有眾多演藝人員都表示曾經撞鬼，不只是演藝人員，聽聞就連幕後人員包括助導和錄音師也遇到怪異之事……

女鬼纏上花旦

某電視台花旦一向對鬼神之説半信半疑，曾經為了方便回電視城工作，特意在電視城附近租了一個單位。可是入住不久，怪事開始發生！

每晚被怪聲嘈醒

該花旦更稱，她每晚都被一些敲門聲和廁所沖水聲吵醒，可是家中除了另一位友人就再沒其他人。而且她肯定友人早已入睡，所以不信邪的她便膽粗粗地打開房門，走到客廳打開所有燈，怒視盯著家中廁所，並氣呼呼地大叫：「唔好再嘈！」

可是，到了第二晚，情況不但沒有改善，反而越來越吵，不止是廁所的沖水聲，就連客廳也發出打乒乓球的聲音！

這次更持續一小時之久，害得她不能安睡。每次她一出到客廳，聲音就會靜止，可是當她一躺上床，聲音又繼續，這次甚至還傳來打電動遊戲的聲音，她更感到有人在她耳邊吹氣……

被小鬼纏上

這個情況持續了個多月，她被小鬼弄得越來越沒精神。直至一天，她遇到一位正在修行的師傅，對方一眼就看穿她被一隻小鬼纏上了。師傅説對方是一個 14 歲的女鬼，只是貪好玩才跟她回家，師傅隨即替女演員趕走小鬼，事情才得以解決。

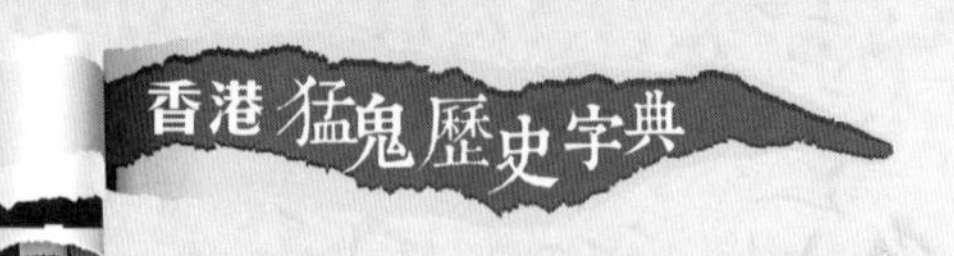

巨星跳樓的恐怖真相

2004 年，香港一代巨星突然在酒店跳樓身亡，令很多人大感可惜，亦留給很多人一個解不開的疑惑。眾人對巨星自殺的原因議論紛紛，有人説他因為感情問題而想不開，亦都有人説他因抑鬱症才會自殺。

此外，還有另一個説法，就是被鬼迫害！

拍戲疑撞鬼

藝人拍鬼戲撞邪時有所聞，而該名巨星亦因為拍電影撞邪！當初接拍某電影時，得到了一個挑戰性極高的角色，巨星更因此而高興不已。在拍攝開始期間沒有發生甚麼特別事。但拍著拍著，片場的工作人員開始傳出巨星撞鬼了，除了經常處於恍惚狀態外，還經常喃喃自語，彷彿在對別人説話一樣。

後來，他甚至更莫名其妙地對著旁人喊叫：「你唔好害我！」

是見鬼還是壓力大？

巨星其後更向親戚朋友求助，但大家都認為他只是因為拍電影壓力太大，建議他找心理醫生治療。可是，巨星仍然認為是有人要故意加害他，向他落降頭想置他於死地，傳聞他更飛到東南亞找高人解降！

可是，最後巨星還是跳樓身亡，到底巨星是被心裡的「鬼」迫得自殺，還是真的有人用降頭加害於他，這就不得而知了……

片場驚見無臉士兵

在某動作電影的拍攝期間，一班香港影星及工作人員在台灣某片場開夜班。導演看大家都累了，所以讓大家休息一下，並由幾名工作人員出外買宵夜回來。原本並沒有發生甚麼特別事，但短短 10 分鐘的路程，工作人員竟然足足去了半個多小時，而且個個回來後都面如死灰！

一名知名影星看見後，便上前詢問到底發生甚麼事，工作人員起初欲言又止，在影星多番的追問下，工作人員才不太願意地説出，原來他們剛才在古裝街看到一大班騎著馬的士兵。

該名影星聽到不以為然，他們又沒有包下整個片場，有其他人出現又有何奇怪？

此時，其實一名工作人員才緩緩道出，這晚就只有他們這組攝製隊在片場內開工，那剛剛看見的士兵又是從何而來呢？場內眾人在心底都不禁泛起陣陣寒意……

鬼魂入夜四出嚇人

在一眾人的打聽下，他們發現原來有不少人都曾經見過這班騎著馬的士兵，甚至有人説他們全部都沒有五官，只有白雪雪的一張臉！

此外，那些馬的四蹄也不是在地上走動，而是凌空飛行。據一名經常在片場開工的工作人員稱，那些無臉士兵經常都會出來嚇人，一直在電影界內流傳。

後來，該片場被清拆，而空置了的土地被太陽暴曬了好一段日子，重建後大家都再沒有看見那班士兵了。

已故藝員上身

很多人都說拍古裝戲很邪門，因為有次有一位女演員埋位後，她沒有照劇本讀出對白，只是對著鏡頭呆望，當大家都好奇她發生甚麼事，但沒有過問。

過了一會兒，她全身顫抖，工作人員問她是否不適，但她沒有反應。在場老一輩的演員見狀，立即表示她是鬼上身。又過了一會兒，女演員就回復正常，更完全不知道剛才發生何事。

拍完那場戲後，女演員更換戲服時，竟然發現戲服後寫上「天師執位翁美玲」。而自從這件事發生後，服妝間的同事就燒掉所有寫上翁美玲的戲服，同時亦將所有已故藝員的戲服燒掉，以免再次發生同類事件。

不願遺容曝光的武打巨星

一代武打巨星暴斃，他的死亡原因一直都眾説紛紜，有人説是因為服食藥物致死，但真正原因至今仍然是個謎。據聞該位巨星的死狀甚為恐怖……

巨星的死訊讓全球哄動，更有不少傳媒用盡所有方法，都希望可以拍下這位一代巨星的遺容，他的家人為防止他的遺容被偷拍，預早安排幾位保安嚴密把守。

記者成功潛入偷屍間

可是百密一疏，有兩位記者成功潛入停屍間。據稱，巨星的屍體被白布包得很密，沒有露出任何一點地方。當時其中一位記者盯著那塊泛黃的白布，已經害怕得心跳加速、雙手發震。

幾經內心掙扎後，最後都是硬著頭皮走到屍體面前，一手拿著相機，一手揭開白布，口裡不斷念著：「有怪莫怪」……

揭開白布的時候，那位記者不敢直視屍首，於是緊閉雙眼，往相機飛快地按了兩下快門，便立即拉回白布，跟另一名記者拔腿就跑。

影錯遺容？

翌日，兩人把膠卷交給沖曬部，並聲稱那是李小龍的遺容照。事後，沖曬部的同事一臉疑惑地拿著相片，大家看過照片後都頓時目瞪口呆……

因為兩張相片都拍得非常清晰，但拍到的不是李小龍的遺容，而是一雙膚色灰白的腳！拍照片的男記者倒抽了一口氣，心感不解，到底是他緊閉眼睛的時候頭腳不分，還是那位巨星根本不想人看見他的遺容？

鬼魂送飯

當年，香港兩位影視巨星一同拍攝電影，明明是搞笑電影，拍攝其間卻發生靈異怪事。事隔多年，兩位影星至今仍不願提起……

為了趕戲，拍攝組及各演員都經常拍到大半夜才能收工。某天晚上，很多部份都拍攝得不順利，大家的狀態極為不好，導致經常NG，而兩位主角在導演修改劇本和佈置場地的時候，走到角落裡的長椅上躺下休息，更叫了一個工作人員出去買宵夜。

洗手間現人影

某位影星一時人有三急，於是到了洗手間方便，由於沒有開路燈，所以四圍顯得很昏暗，就連洗手間本身都很黑。此時，他還沒覺得有異樣，他順便洗了個臉，洗完後突然從鏡子裡赫然發現洗手間內有個人影，但剛剛他進來的時候根本沒人！

他迅速回望，再看幾個廁格，只有一個關著。雖然感到奇怪，但他想到可能是自己太累了，所以也不為意。

不久後，他聽到一些滴水聲，可是他剛剛肯定有關好水喉！該名影星也不敢多想了，於是急步走出洗手間。

死亡外賣

過了不久，負責買宵夜的工作人員回來了，他買了兩盒叉燒飯。兩人隨即打開飯盒，發現飯盒香呼撲鼻，味道亦很好。吃完飯後，兩人坐下看報紙，突然，其中一名影星大叫一聲，一臉驚慌地把手上的報紙遞給另一名影星。

只見報紙上用大字寫著：「今天中午有一學生被貨車撞死，當場死亡」

報紙上的照片，正正就是那個買外賣的工作人員，那麼那盒飯……兩人立即嘔吐大作，並走往人多的地方，以後亦絕不再提此事。

▲ **死後仍然幫手買飯，到底是鬼魂不知自己已死，還是別有用心？**

小鬼睇拍戲

傳聞中，電視城有位做幕後的工作人員有陰陽眼，每逢在 2 號及 5 號廠開工拍劇前，他都會很大聲咁對住空氣講：「走喇！唔好阻住開工呀！」

起初其他工作人員都不知道他為甚麼要這樣咆哮，都覺得很奇怪，後來才知道，原來他經常看見有班小鬼坐在收音咪桿上睇人拍戲，於是想趕走他們。

聽説那班小鬼很頑皮，每次把他們鬧走不久後，很快又會再回去，但幸好他們只是貪玩，並無害人的意圖。

猛鬼電視城

電視城一向都是猛鬼之地，有眾多演藝人員都表示曾經撞鬼，不只是演藝人員，聽聞就連幕後人員包括助導和錄音師也遇到怪異之事……

沒有接線的電話

某知名女星曾透露，在某一晚的深夜，她在配音間正為一個旅遊節目進行錄音。未幾，放在麥克風前的電話突然響了起來，她很自然地拿起電話，卻只聽到一陣很空虛的聲音，像在一個大空地中一樣。

她聽到身旁的工作人員突然大叫，一臉驚慌的看著自己。這時候，她才發現原來自己手上的是道具電話！而且電話根本沒有駁接電話線，根本沒可能會響。

不能穿的外套

不久，她突然覺得很冷，但當時的溫度不低，而且身邊的工作人員竟一一說不覺得冷。她隨手拿起附近的一拿衣服穿上，當她一穿上，電話竟然又響了！後來，她在工作人員口中得知，那件衣服是不能穿的，她嚇得立即把衣服脫下。

事後，當收音師獨自一人工作時，突然聽到一把女性的慘叫聲，但當時已經很晚了，廠內根本沒有任何女演員或其他工作人員……

猛鬼休息室

又有另一宗撞鬼傳聞，當年發生怪事的電視台小生說：「個休息室真係好邪！」

事緣是有一次，他到電視城拍劇，但未夠鐘開拍，因此到男休息室小睡一會。他休息前吩咐了活動助理在一小時後叫醒他，結果，他從睡夢中清醒過來，赫然發現約定的時間已經過了。

於是他便回到拍攝廠，問那個活動助理為甚麼不叫醒他，誰知，那個活動助理竟然說：「我啱啱入去見唔到你，我以為你醒咗喎！」

莫非鬼掩眼？該小生當堂被嚇得臉色變青，以後再也不敢到該休息室！

電視城怪異木魚聲

有傳，一名王姓演員曾在清水灣電視城一宗「猛鬼木魚」事件。

事發在當晚11點左右，王姓演員、陳姓演員等人在拍攝劇集後，翻看錄影帶時，竟發現剛才的錄影中，除了他們的對話外，還有5下敲打木魚的離奇聲響。本來大家以為是有人敲打木魚，但道具人員立即向他們表示，木魚是一種特別的道具，要申請才能擁有，所以拍攝當日不可能有木魚出現，更何況是木魚聲呢？

其後，眾人竟發現有一個木魚擺放在神壇前，令事件更添上一份神秘氣氛。

▲ 難道是有小鬼貪玩，專登拎個木魚出來嚇人？

鬼笑聲

電視城內經常傳出鬼怪疑雲，究竟是因為工作人員捱更抵夜因而產生幻覺，抑或真有其事？

某位不願透露名字的演員表示，多年前他與幾位演員在 8 號廠拍劇，當拍到他跟另一個人的對手戲時，他依足劇本去做，說完對白之後走出佈景板外的地方，只餘下另一個人做內心戲。

結果，明明是沒有聲音的內心戲，在場竟然全部人都聽到有「人」發出笑聲，導演即時叫 cut，更罵他為甚麼笑。他極力否認自己有笑，當眾人看回剛剛拍的影片，竟發現根本沒有錄到任何笑聲……

藝人冤魂求伸冤

很久之前，一名鍾姓藝人於沙田寓所墮樓身亡，當年有傳他是因為欠下巨債無力償還而自殺，亦有人説他是被殺害的……這個藝人所住的單位其後重新出租，而租客則遇上了怪事。

搬入後怪事不斷

一位租客人租了其單位，由於每天早出晚歸，所以初時入住時並沒有發現甚麼問題。只是每次他打開電視，都發現正在播香港小姐競選節目。

過了一段日子，租客在客廳喝酒和看報紙，由於他覺得很睏，所以便直接回房間睡覺。第二天醒來的時候，竟然發現客廳被打掃得很乾淨，啤酒罐已經丟進到垃圾桶裡，而報紙則整整齊齊放在廁所！

半價租出有古怪

租客為了求證，於是又刻意在客廳喝酒，翌日起來，情況竟然跟昨天的一模一樣！此時，他才突然想起，這個單位原先應該是 $7000 租金，可是地產代理竟以 $3500 租給他，這個單位肯定有問題！

不斷重覆的節目

他如常地打開電視，發現又是播著香港小姐競選。租客亦覺得這算是線索之一，因此也十分細心地觀看。當鏡頭影到某已故藝人的大特寫時，他竟然看見那個藝人對自己説，他不是自殺，而是被迫害的！

那個藝人對他說了兩個人名，並指出一個是迫害他的人，另一個則是可以幫他的人。

該租客就此曾多次報案，可是由於沒有足夠的證據，警方不受理。後來，那個租客便借助電視台的力量，惟電視台只可報道整個過程，不可能像警察一樣去調查。即使播出事件後，作用亦不大。

後來那個租客終於受不了這個藝人的冤魂糾紛，最終決定搬離單位。

怨靈賣飲品

傳聞中，電視城的 8 號廠女廁，經常在半夜有一把奇怪女聲賣飲品。

據一些電視城的工作人員聲稱，如在深夜使用該女廁，當有人「方便」的時候，門外便會傳來一把聲：「要唔要奶茶啊？」試問三更半夜誰會賣奶茶？而且在廁所裡？

此時，如果答不要或不回應，那個「人」便繼續問下去，例如：「咁要唔要咖啡啊？」、「要唔要鴛鴦啊？」而唯一的解決方法就是答「要」或「唔該」。

香港艷星被鬼上身

香港尚在三級片的黃金時期時，曾經發生過一名艷星突然自殺的事件。艷星的家人在事件發生後，對外宣稱她先前因精神狀況不太穩定，整天疑神疑鬼，最終才選擇跳樓結束自己的生命。

該名艷星生前曾自稱撞鬼，更被鬼纏上身，曾經試過在家中看見窗簾有黑影晃動，她想點火看清，所以點了打火機，結果卻不小心燒著了枕頭，她更說那個黑影看見火就躲到衣櫃後面，接著就跑走了！

「我等了這個機會好久了！」

艷星生前曾對媒體繪形繪聲地形容此事，在離開著火的屋子時，她聲稱見到那個黑影，那個黑影更對她說：「我等這個機會等了好久了！」

到後來，由於她的言行舉止實在十分怪異，不少媒體都開始懷疑她真的見鬼，所以才會做出放火燒屋的蠢事，但至於是否真的被鬼迷惑，相信已經無人能證實。

凶煞 校園篇

大埔區歷史悠久，在早期的有很多間鄉村學校。一所已停辦的學校的校園被荒廢，再加上長時間被樹木遮蓋，因此變成靈體聚集的好地方……

屯門某小學是區內歷史中最悠久的學校，當中籃球場隔離有個小花園，現在已經棄置了幾十年，是校舍內其中一個陰氣重的地方，鬧鬼傳聞亦不少……

大學四大猛鬼傳聞

某大學在副學士課程內加插了「鬼神及占卜文化課」，課程內容包括了剖析九廣鐵路的鬧鬼廣告、中大的一條辮子路女鬼傳說、問米、碟仙與招鬼等等靈異事件！其實，該大學本身也流傳著一些靈異傳說，未知會否在課堂上研究、研究呢？

傳聞 1：鬼工人危坐橫樑

傳聞當年興建校舍時，曾發生過一宗工業意外，一名工人由高處墮下死亡。其後，曾有人在夜闌人靜行經正門時，抬頭一望，駭然看見一名男子兩腳凌空地坐在天花的紅色支架式橫樑上，木無表情地望著地上的途人……

傳聞 2：自殺情侶常現身

很久以前，有兩個學生相戀，後來女方意外懷孕。由於當時風氣亦很保守，兩人又不懂得解決問題，最終抵受不了壓力，選擇了在校園的保安控制中心附近雙雙自盡。

自此，經常會有人說在夜間看見到該處呆站著一對手牽手的情侶，但行近時，他們又會如煙霧般散去。

傳聞 3：人造草地滲血水

該大學裡有一塊人造草地，在施工期間，曾有一名工人誤踏空洞，墮進了地上的深坑後暈倒。由於當時其他工人並不知情，因此便注入石屎將他活埋。當其他人發現有工人失蹤時已太遲……

自此，不時有人說會見過該草地滲出一些紅色的液體，在夜間更有人見到一個滿身石屎泥濘的人呆坐在草地上。

傳聞 4：小童穿牆入飯堂

傳聞，在多年前有一名小童在大學的泳池溺斃，某夜，有人坐在飯堂內近泳池一端吃飯，他透過泳池旁的落地玻璃，忽然見到一名小孩從泳池爬上來，對著飯堂一方微笑。

小童更詭異地揮手，接著便緩緩地走向飯堂，並穿透落地玻璃，然後消失！後來，越來越多人目睹這景象，為免引起恐慌，之後校方在飯堂的落地玻璃上貼上磨沙膠紙，令食客不能望通泳池。

大學四大陰邪密室

香港很多大學都發生過不少靈異怪事，而在九龍區的某大學有 4 個很出名的傳聞，或者連你都曾經遇過……

傳聞 1：自殺女鬼哭聲處處

第一個傳聞，是發生於 5 樓的一個女洗手間，傳聞某大學在興建時，有一個女工在跳窗自殺身亡，自此，女廁便經常傳出陣陣哭聲……

傳聞 2：永遠找不到的夜讀室

某大學裡設置了一個夜讀室，校方希望這樣可以方便同學晚間溫習。但很多學生都表示，這個夜讀室絕對不適合於晚間逗留。據說時運低的人，會在大樓內迷路，更有人在這裡遇上不測！

傳聞 3：靈體聚腳地——乒乓球室

很多人都沒想到，一個供同學玩樂的乒乓球室，也隱伏了一段疑幻似真的怪事！聽說除了學生喜歡在這裡打乒乓球外，還有其他特別的「靈界朋友」對這種玩意深感興趣，一個不小心就……

傳聞 4：神秘的夾層洗手間

某大學有一個與別不同的廁所，因為它的位置非常怪異，廁所竟然是在 3 樓與 4 樓之間的樓層，而全個樓層除了一個男洗手間外，就再無其他廁所。傳聞在學校興建時，一名男工人於一個廁所內進行裝修期間，不幸意外死去。此後，經常有人目睹這個男工人這廁所內出沒，似乎想完成尚未完成的工作。

鬼仔半夜跳飛機

大埔區歷史悠久，在早期的有很多間鄉村學校。一所已停辦的學校的校園被荒廢，再加上長時間被樹木遮蓋，因此變成靈體聚集的好地方……

經常傳出小童玩耍的聲音

該學校的後方便是汀角村，深夜時分，汀角村的居民都會聽到學校傳出一陣又一陣的小童玩耍聲音，一開始的時候大家都很害怕，但久而久之，他們都沒有受到傷害或影響，所以都習慣了。

▲ 小鬼生前未玩夠，死後繼續玩！

新住客見半透明鬼仔

有傳，一名新搬入的住客因經常聽到學校傳出打球聲，而且得知學校已經停辦，在好奇心之下，他便帶著電筒前往查看。他走過了叢林的小徑後，到達學校籃球場時，赫然看見有幾個身體半透明的小童在打籃球，而附近幾個小孩則在玩跳飛機！

住客被嚇得 3 魂不見七魄，於是立即逃走，但他又怕這樣會驚動到他們，於是決定當作甚麼都沒看見，沿著小徑回去。但就在他走小徑時，他看見有名身體同樣是半透明的小童，迎面向他走來。

雖然住客心裡覺得很害怕，但仍然裝作看不見他。由於小徑路很窄，而他又要裝作看不見小童，所以他沒有前進，也沒有閃避，結果小童直接穿過他的身體！背後還傳來小朋友的笑聲，更說：「哥哥，我知道你見到我！」

住客一聽到便拔腿就跑，以後再也不敢多管閒事……

勾魂猛鬼漫畫

在路上見到有奇怪的東西，切勿手多，如果擅自拿走了分分鐘可以令自己無命！

漫畫中的裸女

有個學生叫家明，他在元朗某間學校就讀中 5，由於將要 DSE 的關係，家明經常都在學校的自修室溫習。直到黃昏大約 6 點多，家明經過離開學校必經的走廊，當時校工已經關晒燈，只靠街外弱弱的燈光照射，加上走廊就得自己一個，家明也有點害怕，急急腳的加速離開。

突然，有一陣怪風吹起，家明感覺腳邊好像有東西吹來，拿來一看，原來是一頁漫畫！漫畫中有名裸女死神從墳墓入面爬出來，家明覺得好像很有趣，於是收起來放入書包，自此就有怪事發生……

每天發現一頁漫畫

自從那天開始，家明每天經過那條走廊，都會發現一頁色情漫畫，而且次序竟然是順序連續，將每天拾到的漫畫拚起來，是一個連續的故事！

漫畫的劇情越來越清晰，故事是説當裸女死神離開墳墓後，要在人間找一替死鬼回地獄。死神走過很多地方，殺了很多人，但始終找不到一個滿意的人，直到死神去到一間學校……

看著看著，家明發現漫畫中的學校非常熟悉，因為那正是他就讀的學校！

亂執物品險送命

家明越看越害怕，於是將所有漫畫都丟在學校的廢紙堆，然後急急離開。過了一個月，家明漸漸遺忘了這件事，也沒有再發現漫畫。

可是，不久後，漫畫頁又出現了，家明看見漫畫中的裸女死神十分憤怒，而且她終於在走廊發現她的目標了！

家明驚慌的轉身看著後方，赫然發現真的有個黑影慢慢地接近自己！但就在這時候，黑影傳來一聲慘叫聲便消失了……

原來，當日校工將那堆廢紙拿去燒了，所以家明才能化險為夷。自此，家明再也不敢胡亂執起地上的東西。

屯門小學猛鬼怪事

屯門有很多學校，校齡都超過 10 年、20 年，甚至 30 年以上，而每一間都有些鬧鬼的傳聞。

屯門某小學是區內歷史中最悠久的學校，當中籃球場隔離有個小花園，現在已經棄置了幾十年，是校舍內其中一個陰氣重的地方，鬧鬼傳聞亦不少……

傳聞 1：山澗中的鬼婆孫

幾十年前，有兩婆孫在學校附近一條小河玩水，結果一個不小心，他們被水沖走，二人無一倖免慘被浸死，自此怪事就不斷發生……

有傳聞於晚上的時候，會看見有一個婆婆和小孩在河的石澗玩水，可是轉眼便消失了！曾經有同學不相信，連同一個有陰陽眼的朋友到石澗裡探險，結果就連沒有陰陽眼的同學，都可以見到兩婆孫站在石澗中，而且臉上的表情都很悲傷……

傳聞 2：有入無出的森林

由山下走上學校，都需要行百幾級石梯才能到達，而途中會有一條分差小路，通過小路可以到達一片小叢林。由於樹木叢林生長茂盛，所以無論白天或是晚上，都是黑漆漆的。亦因如此，那裡的陰氣非常重，而晚上就更加不用講……

那裡的學生指出叢林有鬼，一走進去，就永遠無法出來……

傳聞 3：國芳園玩皮球的小朋友

學校籃球場的隔離就是荒廢很久的國芳園，那裡有一些石櫈和石椅，但和小叢林一樣，無論白天和晚上都是黑漆漆的，所以那兒的陰氣，不會比小叢林弱。

一天晚上，有學生很晚都還沒離開，在聽到國芳園的傳聞後，在好奇心驅使下，他自己一個到了國芳園看看。結果，他看到有幾個小孩在玩皮球，那些小孩應該還很小，約 2 歲左右，不是小學生，既然不是小學生，這樣晚怎麼又會出現在小學呢？學生再仔細一看，竟發現小孩的身體竟是半透明，而且沒有腳……

傳聞 4：女廁的最尾廁格

校內的一些女同學表示，女廁最尾的廁格有鬼。有時她們如廁時會，會感到有人吹她們的耳仔，又或者聽到一把女聲唱歌。尤其是下午 6 點後，聽聞那段時間到過女廁的女同學，都會說有以上的奇怪經歷。

傳聞 5：鬼教室開放

白天的時候，所有課室都是給學生上課學習的地方，但如果晚上的話，可能就不是這樣了……有名學生晚上因有事回到學校，當他回到課室時，看見有一位中年男士，正與 3 至 4 名小孩在課室裡補課。

奇怪的是「他們」竟用一種凶惡的眼神望著該學生，有傳聞學校課室於晚上會供給靈界朋友使用，若被打擾他們都會極度不滿。

屯門中學猛鬼傳聞

很多學校都會傳出猛鬼傳聞，不知你又是否聽過以下這些見鬼故事？

傳聞 1：後梯秘道

學校的後梯有一個小小的木門，而很多人都不知道木門是通往甚麼地方，據説該通道能直達教員室某一個房間。

在一個狂風暴雨的中午，有名老師叫幾個女同學幫他到那房間拿文件，但那班女同學進入通道後，沒料到房門上了鎖不能開，她們只好返回入口。

但入口的木門也被狂風吹到關上，怎樣也不能打開，結果可憐的學生就這樣被關在通道，無論他們如何呼救也無人聽見。

數日後她們終於被發現，可惜全部已經返魂乏術，活生生餓死了……自此之後，每逢下雨的日子，就聽到她們在呼叫和拍門，此後該通道已被永久關閉。

傳聞 2：會走路的石像

很久以前，在學校的禮堂有一尊人形石像，有一天晚上，一位老師因要準備考卷，所以一直留校至夜深。大約在 11 點左右，他終於完成了所有工作，正想往廁所的方向走去之際，發現有個黑影一閃而過。

他以為是有小偷，所以便追上前查看一番，竟然在禮堂發現那尊石像在禮堂不斷地奔走，他被嚇得目定口呆。翌日，他向校長匯報，校長因恐怕再有同類事發生，只好把石像割掉下身，變成半身像，事件才告平息。

傳聞 3：二樓男廁的鏡子

曾經，有一男生因學業問題在 2 樓的男廁內上吊自盡，自此之後在 2 樓男廁的鏡中，大家都會清楚看見該男生上吊後的樣子……

於是校長就命人把 2 樓男廁的鏡全部拆掉，時至今日，2 樓的男廁還是沒有裝上鏡子……

防盜眼裡的鬼眼

傳聞某大學的每一間宿舍都會安裝防盜眼，但其中一間宿舍的防盜眼卻安裝錯誤，令到外面的人可以透過防盜眼看見房內的情況。而這件事大家一直都不知道。

直到某天，有一位男同學發現了這個秘密，於是經常靠防盜眼偷看他喜歡的女同學。

鬼眼望住你……

有一天，該男同學又透過防盜眼偷看女同學，但當男同學靠近防盜眼一看，只看見了一片紅色。最初，這個男同學以為女同學發現了防盜眼的秘密，於是掛上紅色的布掩蓋著。

後來，男同學在房外逗留了很久，房內一點動靜也沒有，拍門又沒有人回應，於是用力一推，他竟然發現那個女同學已經吊頸死了，死時她瞪大雙眼，眼球充血，眼白呈現一片血紅色，而發紅了的雙眼正正就是對著防盜眼……

男校的女人頭顱

色情雜誌是很多男生都曾經擁有過的珍品，早在數十年前，已經會有學生將色情雜誌帶回學校，跟同學分享及傳閱。但在官塘區某間男校，卻發生過這樣的事……

男廁成為收藏基地

由於當年帶色情雜誌回校已成一種不良風氣，因此校方亦經常突擊檢查書包及儲物櫃，所以一般人都不會直接放在書包等地方。後來，在某層的廁所就漸漸成為色情雜誌的藏書閣。

通常會用黑色膠袋將書本包好，然後收在水箱上面，由於沒有名字和記號，所以大家都不知道是誰的。於是，大家就一直以這個方式交換色情雜誌。

尋寶竟發現女人頭顱

一直以來，大家都相安無事。直到某天，有一名中二生如常爬上廁塔，伸手到水箱後「尋寶」，伸出右手繞過水箱，終於找到一個黑色膠袋，而且跟其他「寶物」不一樣，是密封著的。

該名學生花了很多時間都解不開膠袋，於是暴躁地將膠袋徒手扯爛。黑膠袋即時應聲而破，掉出來的不是色情雜誌，而是一個披頭散髮，嘴邊裂開到耳邊的女人頭顱……

最後，該名學生被嚇至精神病，而該男校亦於不久後被拆卸。

紅磡大學靈異謎團

紅磡有一間很出名的大學，當中的鬧鬼傳聞亦不亞於其他大學，當中的 4 大謎團，大家一定略有所聞……

謎團 1：4 樓圖書館之謎

據説很久之前，該大學有一對情侶，在圖書館 4 樓的一間房間裡溫習功課。當時的女生戴著耳筒一邊聽音樂一邊溫書，後來便睡著了，她的男朋友因有事要先行離去，又不忍心叫醒熟睡中的女友，而且他又知道圖書館關門時會有人檢查，所以他便讓女友一直睡。

直到圖書館關門時，這個女生仍未醒過，而且不知何故管理員沒有檢查圖書館是否有人便鎖門，於是女生被鎖在圖書館裡。因為接下來幾天都是公眾假期，圖書館休息，更無人入過去。至假期完結後，有人發現 4 樓圖書館有一具面目猙獰的女屍！據説，當時在場的人都説她的樣子好像在一直掙扎，求人放她出去……

自此之後，理工大學的 4 樓圖書館永遠不會關燈，並禁止戴耳筒。可是，很多學生都説在晚上，總是會聽到 4 樓傳出陣陣拍門聲和女生的呼救聲……

謎團 2：噴水池之傳説

這間大學的學生都知道一個禁忌，就是千萬不能踫到噴水池的水。因為只要一踫到就永遠都無法畢業，而無法畢業的意思是——在畢業之前都會發生一些事，而不能畢業。

據説，當年有一個 Year 3 學生不信邪，故意伸手去踫那些池水，結果於幾日後，該學生在大學附近發生車禍因而喪命……

謎團 3：Canteen 鬼小孩

這間大學以前有兩個 Canteen，其中一個 Canteen 有一排落地玻璃窗，可以讓學生看見泳池內的情況。可是，從某天開始，那些玻璃已經被反光膠紙黏住了。

據聞在多年前，有名洋人教授帶同他的兒子到泳池游泳，洋人教授在更換泳衣後，發現不見兒子縱影，其後有泳客看見有人遇溺，他們把遇溺者救上來後，才知道是一具外國小孩的屍體！

事發後，有多名學生聲稱在窗口位置，會看見一名洋孩貼近玻璃，最初時會有學生逗他笑，但後來看見那位洋孩臉色蒼白，下半身更開始消失，直至整個人消失……從此，該 Canteen 便貼上反光膠紙，讓學生不能看見冰池的情況。

謎團 4：女廁尿兜

據聞，這間大學以前有名女生在學校裡溫習，直到很晚才離開。她因害怕遇到危險，所以致電給她男友讓他接自己回家。可是由於男友因事在忙，所以未能接該女生回家，她只好一個人獨自回家。

很不幸，女生在某大樓下樓梯時，突然有人將她捉住，把她拖到女廁姦殺。女生的男友知道後十分自責，後來亦因此而自殺。

自此之後，很多學生都說在女生被姦殺的女廁門外，經常會有人看見有個男人，不斷問其他人他的女朋友是否在廁所裡面。後來校方得悉此事，於是便在該女廁內起了個尿兜，希望讓該男人以為那是男廁，不要再出現騷擾其他學生。

校園猛鬼泳池

某中學是少數擁有泳池的學校。大約十幾年前，該校舉行水運會，這次水運會的宣傳裝飾品由學生會設計，他們大玩創新，設計刻意仿似招魂引鬼的東西如豎燈篙、招魂旗、七星燈等，令泳池看來像一個醮祭會場般。

鬼門方位引鬼入校

這間學校的大門恰巧是鬼門方位，本來已是招魂引鬼之處，正門還鋪上幾百呎雲石地台，更增加陰寒之氣。正門旁邊就是當時掛滿招魂引鬼裝飾品的泳池，因此招來孤魂聚集。

這次水運會之後，附近的孤魂野鬼及溺水而死的亡靈，就開始在學校大門前至泳池一帶徘徊不去。

▲ 學校泳池有鬼……

水中被嚴重抓傷

某日，一群學生在泳池游泳時，其中一位同學突然遇溺，其他同學馬上將他救起。遇溺者説當時水中有怪手拉著他的腿，當他回頭時，更看見一個面部腐爛見骨、支離破碎的死屍拉著他的腿。老師當然不相信這番鬼話，但是遇溺學生的左腳腳跟卻明顯地被嚴重抓傷，鮮血淋漓。救護員到場後打開包著傷口的毛巾時，更發現抓痕深至見骨！

鬧鬼一事傳遍學校，學生們議論紛紛，很多學生都不敢再在學校泳池游泳。

最猛鬼學校——達德學校

說到香港最猛鬼學校，大家一定會想起達德學校。該校舍現今仍然存在，但已荒廢多時，更經常傳出猛鬼怪事！

死後陰魂不散

據說，達德學校會有靈體出沒，全因在 1941 年日本攻佔香港時期，有大批抵抗日軍的村民在此地被殺，學校成為亂葬崗，很多屍體都被埋葬於學校中。而另一個說法，該處變成亂葬崗是因為 1899 年英國租借新界時，村民為抵抗英軍而死亡所致，亦有傳學校的地底以前是居民的墳墓，因此靈體經常在學校附近陰魂不散。

紅衣女鬼出沒

達德學校最猛鬼的傳說，則是從校舍南幢其中一層的女廁傳出。據說在多年前，有一位校長在女廁內穿紅衣吊頸死亡。從此，有多名學生都聲稱，在該廁格經常看見一名紅衣女鬼出現。

另外，有附近的村民在晚上路過該校，竟然發現校舍的露台上，漂浮著一個只有半截身軀的紅色女子，她更不斷向村民招手！

玩 War Game 撞鬼

達德學校被荒廢後，不斷傳出鬼怪傳聞，而荒廢了的校舍亦成為了年輕的人探險勝地。曾經有入內玩 War game 的人，在學校內遇上一名疑似男性的藍色身影掠過，但在轉眼之間又消失於眾人眼前。甚至有人親耳聽到一把男聲，用著淒厲的說話在他們耳邊說：「你哋入嚟做咩？」年輕人回望四周，除了隊員們，確是空無一人！

少女探險被嚇至昏迷

數年前，有 12 名少男少女一起到達德學校探險，途中有人聲稱見鬼或聽到怪聲，眾人急忙回到港鐵站，其中 3 名女生相繼不適暈倒、情緒失控咬人！

當中 3 名少女被嚇至昏迷，清醒後更言之鑿鑿表示，在昏迷期間不斷看到自殺及謀殺情景，非常恐怖！

咸濕鬼校園殺人事件

在香港所有中學，鬧鬼傳聞最多的學校，相信非港島南區的聖XXX書院莫屬。該書院是百年老校了，校舍更被列為受保護的文物，戰時曾是日軍軍部和醫院，相信有不少香港人和英國人死於這個鬼地方。

學校內有標準泳池和球場，空曠地方多、照明不足又多樹。入黑之後，到處都是搖晃不定的黑影，顯得陰森恐怖。

好色鬼撩女仔

據聞該校舍曾有位學生在學校樓梯跌死，之後便發生了多宗撞鬼事件。

其中一次是在該校某間猛鬼課室發生！

某天，一名女學生如常在課室上數學課，正在埋頭苦腦做數學題目時，身後突然傳來一把陌生男孩子的溫柔細語，說：「你好靚啊，笑得好甜。同你做個朋友？」

她的身後坐著一位男生，她下意識以為是他，於是回過頭來，老實不客氣地向他說：「扮鬼扮馬，學到鬼聲鬼氣，唔好再搞住我，要玩就去玩你自己。」

該男生一臉委屈地說：「扮你個死人頭，我一直在做數，鬼得閒同你玩。」

未幾，身後又傳來那陌生男孩的聲音：「我好鍾意你，跟咗你好耐，連你入廁所都跟住……」

鬼同你報仇

話未說完，她就轉過頭來向著男同學大罵，更將手中擦膠擲向男生，該男生眼明手快，一手接著擦膠，並將擦膠反擲向女學生的臉部，打中她的眼睛。

該名女學生被擦膠打到眼睛，痛極落淚，突然，他又聽到陌生男孩的聲音說：「唔好喊，我幫你報仇，好唔好？」

她隨口開腔說：「好啊！好啊！同我打死個衰仔。」

話剛說完，她身後突然傳來慘叫聲，那男生不知何故搓著胸口倒在地上，口吐鮮血……

女學生驚魂未定，身後又傳來陌生男孩的聲音：「我幫你搞掂個衰人了，同我做朋友好嗎？」

她回頭一看，竟然看見一個穿著同校校服的男孩子，面無血色、額頭上有一大片爛肉。他的頭頂像是撞碎了，頭髮、腦漿和血混在一起，連頭顱也變了形……女學生當場嚇至昏了過去。

大學辮子姑娘

新界區有一間著名大學，創校至今有多則詭異傳聞！其中「辮子姑娘」這個鬼故事，堪稱香港校園鬼話中的經典！

據説在 70 年代時，晚上有位男生沿校內的山路小徑返回宿舍，一路上都很冷清，而且環境十分陰森，讓那個男生直打哆嗦。

▲ 辮子姑娘出來找替身！

過了不久，男生發現不遠處有位身穿白衣、後面束著辮子的姑娘在山徑間徘徊，彷彿迷路似的。男生加快腳步，打算上前問個究竟，但當白衣姑娘把頭轉過來時，一幕恐怖的景象把男生嚇得昏了過去！那位「姑娘」的前面沒有臉孔，她的正面是跟後面一樣長的辮子！

事後，有人傳那男生最後被嚇至精神錯亂，另一説法則是指男生被嚇後，大病一場，最後更一命嗚呼！

情人找替身

另外也有一個傳聞，是指「辮子姑娘」只會出現於兩間書院之間的「情人路」上，每晚的午夜，她的頭就會吊在樹上，垂下一條長辮。據説，她是藉此找替身，當有人經過的時候，女鬼便會用她的長辮子扯掉經過的人的脖子。

因此，這條情人路又名「辮子徑」。

專嚇男生

謠傳其實那位「姑娘」原本是一名束著辮子的女生，後來因為被男友拋棄，於是在校園內上吊自殺。自此，在事發地點附近都開始傳出有束辮女鬼出沒，專嚇男生！

跳火車被扯甩頭

辮子姑娘的故事有很多版本，而最廣為人知的是跟大陸偷渡客有關，也是大家俗稱的「跳火車事件」。

在 70 年代，不少大陸偷渡客偷渡來港，部分人更匿藏於往來廣州與九龍的火車上，到站前便要跳車逃走。當時，一位年輕的女偷渡客有樣學樣，當火車經過中文大學附近時便趕緊跳車，可是在跳車一刻，她頭上的長辮子竟被火車的某個突出物件勾住！

結果在行駛火車的拉扯下，那位女偷渡客的辮子、頭皮、臉皮被一併扯掉，當場慘死……

恐怖禁忌篇

據說，因為搭棚需要用竹，可是竹十分惹鬼，如果有鬼藏於竹內，分分鐘會出來搞事，令搭棚工人死於非命，不少工業意外也是因此而起。

巴士司機行內有一個規定，就是在一大清早，在第一班巴士開出之前，一定要響按，目的是提醒寄居在車內的遊魂野鬼快快落車，如果它們被晨光照到就一定會魂飛魄散！

警察的破案禁忌

警察服務市民，破案捉賊，才能維持社會秩序。但原來，香港的警察們破案的關鍵緣於有關二哥保祐！

邪不能勝正，關二哥保佑！

警察執行任務前，多數會拜過關二哥，才能保祐警隊成隊人在案件中能破案之餘，更能全身而退，毫髮無損，這是警隊內一直傳承的傳統，一旦犯禁，隨時害死全 Team 人！

關帝一定必拜

大家在警匪劇集中不時會看見 CID 警員拜關帝的情節，而事實上，香港警署之內大多有供奉關公，而黃大仙區警署另加供奉黃大仙呢！警隊在重要行動之前，多會拜祭關公以求平安。為甚麼警員那麼信奉關公？

估計原因是一身正氣的關公象徵著扶正除邪，與警員維持社會秩序的職責有相輔相承的作用；此外，警員內部需要團結，關公身上正好具備這樣的品質。

不過，近年警隊高層有意淡化這種文化，新警察大樓搬遷過程中一直未有根據過往傳統舉行「拜關二哥」儀式，新大樓的裝潢是以超高科技設計為主，據知，警隊為配合設計，大樓內都沒有任何一層設有關帝像供同僚參拜。

但拜關帝不僅是一種傳統，更演變成一種心理上的慰藉及上司與下屬之間一條溝通的橋樑。香港警員拜關二哥，其實寄託了扶正除邪和精誠團結的願望。其次是警員工作性質危險，自然希望祈求得到神靈的保祐。要警員放棄拜關帝，放棄這份心理上的支持，相信還需要時間適應。

雖然關帝難以在香港警署立足，但在外國卻有另一片天地！據知，香港回歸前後，很多香港移民通過英聯邦的考試進入英國和加拿大的警察局，兩國很多警察局裡都擺設了關公像，這些警員更將破案成功的原因歸功於拜關公的結果，讓關公信仰在海外生根發芽。

警帽擋煞照哂照

另外，在劇集或電影裡，大家有沒有見過警員捉賊時一邊跑一邊要用手扶著頂警帽？除了避免身體的大動作令警帽飛脫外，原來箇中是有玄機的！

據聞，帽頂上的頂花有殺氣，無鬼夠膽埋身，即使夜晚巡邏，或出入凶案現象，也不怕招惹惡靈。

竹魂取命

原來搭棚工人在搭棚時，每日早晚都會上香，這是行內默認了的行規，每個工人一定要遵守！

據説，因為搭棚需要用竹，可是竹十分惹鬼，如果有鬼藏於竹內，分分鐘會出來搞事，令搭棚工人死於非命，不少工業意外也是因此而起。

唔跟行規枉送命

因此，為求心安，搭棚工人每日早晚一定要上香。而且搭棚用的竹，一定要用香拜過一日一夜才能使用。

曾經，有個初入行的搭棚工人，就是因為貪方便，完全不顧行規，判頭吩咐他用香拜翌日要用的竹，但他卻對判頭的話聽若罔聞，偷偷地放工走人。

結果，翌日他用未拜祭過的竹搭棚時，就因為差錯腳，從 10 樓高空墮地身亡了！有老前輩説，這就是因為他沒有拜過「竹鬼」，結果惹怒「竹鬼」，被它們當成替身，他才會死於非命！

恐怖水鬼勾魂

老一輩的救生員認為如果有人遇溺的話，除了因為泳客的泳術欠佳所致之外，很大可能是因為水鬼作祟。

呃走水鬼！

所以當他們把遇溺者救上岸後，即使做完人工呼吸，遇溺者仍然毫無呼吸、全無反應。這時，救生員會在他耳邊不停講：「你未死㗎，你都未斷氣，快快醒番啦！」之類的説話，目的就是想水鬼信以為真，離開遇溺者。這樣，遇溺者就有機會從鬼門關走出來，大步檻過！

任職救生員超過 10 年的 John 憶述，當年他初入行時有前輩就是教他不斷在已無呼吸跡象的遇溺者耳邊不斷説：「你未死㗎，你都未斷氣！」等説話，結果奇跡地，遇溺者竟然再次有呼吸！

自此他就不斷用這個方法來拯救遇溺者，在他手中，從未有遇溺者因失救而死亡！

遊魂野鬼上巴士

巴士司機行內有一個規定，就是在大清早，在第一班巴士開出之前，一定要響安，目的是提醒寄居在車內的遊魂野鬼快快落車，如果它們被晨光照到就一定會魂飛魄散！為免作孽，每個早班巴士司機開頭班車時一定會響安！

遊魂野鬼灰飛煙滅

曾經有一位初入行的巴士司機就是不聽老前輩的說話，在巴士開出之前沒有響安，結果不小心作了重孽！

▲ 遊魂野鬼慘變白煙！

話說阿 Ken 第一日入職做巴士司機，由於他新入行唔知規矩，因此一些資深的老行尊都有好心地提點他，尤其是提醒他開首班車前一定要響安。但阿 Ken 卻唔信邪，不加理會，只把前輩的話當耳邊風聽完就算！

阿 Ken 走進巴士，開了全車的燈後就立即開車，誰料在駛出車廠後，上層突然傳來淒苦的尖叫聲，阿 Ken 嚇得立即剎停了車，然後衝上上層查看，但甚麼都沒看見。如是者連續幾天的清晨，阿 Ken 都是照例沒有響安就開車，上層亦是傳來淒苦的尖叫聲，有時是男聲，有時是女聲。

阿 Ken 開始有點害怕，便戰戰兢兢把這些靈異經歷告知資深的前輩。話還未説完，資深同事已一個一個開腔臭罵阿 Ken，斥責他自以為是，作了孽都不知道。原來，深宵停泊在停車場的巴士是遊魂野鬼最常棲身的地方，司機開車前響安，目的就是喚醒它們，請它們快點離開，以免被清晨的陽光射中。如果司機沒有響安，窗外的猛烈陽光就會把流離失所的遊魂野鬼照射到魂飛魄散。被老前輩圍著指責，阿 Ken 聽得滿身冒汗，因為自己的失誤令它們連鬼都無得做，想來內心非常忐忑不安。

騎師禁忌

有沒有聽過「掛靴」？掛靴其實就是退休的意思，因此騎師行內有一個禁忌，就是騎師裝束上任何一件東西都不可以「掛」起來，尤其係掛皮靴，而騎師只要一犯下禁忌，即使他多不願意，不久後他就會「離開」馬場。

唔信邪，終身後悔！

話說，幾年前有個很出名的外國騎師唔信邪，賽事完畢後返回休息室，大汗淋漓的他立刻把上衣脫掉，把脫下的靴子連同帽子一同掛在架上，然後倒頭躺在木椅上睡覺。

但騎師卻不知道，霉運已經隨他而來了……

在下一場賽事中，騎師落場不久，隻馬就突然發癲咁周圍亂跑，騎在馬上的騎師招架不住，一個屁顛便從馬上墮下。在這次意外中，他跌斷了大腿骨，再不能騎馬參賽，從此要同馬場拜拜，應驗了「掛靴」的不祥之兆。

鬼魂報復

執骨是一行冷門的專業。執骨師傅在掘地起墳後，一般會在棺材開一條縫，疏散內裡的臭味，再起棺材的面板，然後吩咐在場的後人對先人叫一聲：「起身喇！」。執骨師傅相信人死後 7 年仍有靈氣附在骸骨上，因此要出聲提一提先人。完成簡單的儀式後，他便開始將骸骨由上至下逐塊撿上來。

由於這是替先人服務的行業，因此特別看重業內行規！

有傳，曾經就是有個執骨師傅不小心遺失了死者的下巴，又沒有向死者道歉，一個星期後他發生交通意外，全身一個傷口都無，只是撞甩了個下巴，都咪話唔邪！

遺失骸骨，死者絕不放過你！

執骨師傅的最大禁忌是不可以遺失死者任何骸骨，絕不能馬虎了事！即使骸骨有如魚骨般細，也要小心處理。如果在執骨的過程中，不小心將死者的骸骨拋到地上，必須向先人説對不起。假如拋到地上的骨弄破了，那就要為死者做一場法事，否則死者必定報復！

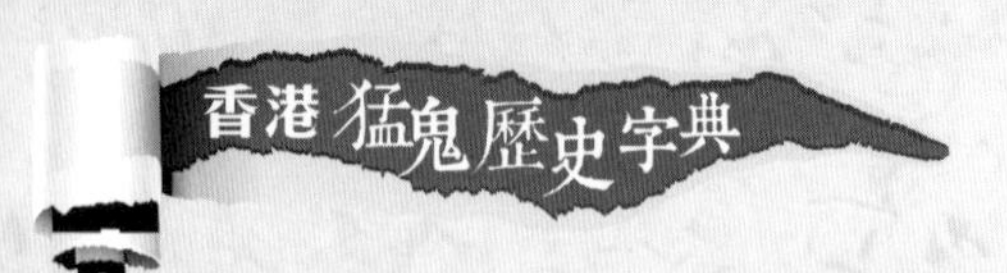

亂解籤的報應

不論車公廟還是黃大仙廟，都會有解籤師傅隨時幫善信解籤，別以為解籤師傅解籤時只是信口開河，原來在解籤界中有一項不得打破的禁忌，否則師傅會招來不幸！

亂解籤，搞到家破人亡！

解籤師傅的禁忌，就是不得講大話，如果只為了討好對方就盡講對方想聽的事情，那麼解籤師傅就要承受講大話所帶來的惡果！

話說早期有個解籤師傅在廟內為人解籤，有一日來了一個闊太，詢問婚姻，解籤師傅一看，竟然是下下籤，會家宅不安！但又見闊太身光頸靚，知道如果説好話就能得到不錯的打賞，便對闊太説盡好話，又説她的丈夫非常愛她，婚姻非常和順云云，闊太聽後果然眉開眼笑，打賞了 $1000 小費！

解籤師傅本來有個非常幸福的家庭，有兒有女，一家四口樂也融融，怎知道他一對闊太講完大話無耐，立即得知妻子背著他有另一個男人！他婚姻立即破裂，而兒女更捨他而去，跟母親一同離棄他！就是為了打賞的小費，解籤師傅竟然打破業內的禁忌，籤中所指的凶運便轉投在他身上了！

的士司機的禁忌

通常在的士這個幽閉的空間很容易會撞到靈體，尤其是夜更的士，所以的士司機有時都很怕乘客要他們去墳場或荒山野嶺的地方，因為時運低的話隨時撞鬼！

為了唔想撞見污糟嘢，所以行內的士司機不約而同都會遵守兩大禁忌：

禁忌 1：忌駕入掘頭路

的士司機的禁忌就是避免駕入掘頭路，驚有入無出，而且掉頭的時候通常都要不斷望向後方，這樣做很容易會見到靈體。

禁忌 2：忌不斷望倒後鏡

的士司機通常不會不斷望倒後鏡，因為倒後鏡很容易會反映出人類肉眼見不到的污糟嘢，即使無嚇到發生意外，嚇親自己都不太好。

曾經，有的士司機駕車時不遵守行內禁忌，竟然不斷從倒後鏡肆無忌憚地望後座的美女乘客，結果當然惹上大禍！

話說，那位的士司機在深夜時接載一位長腿的大美女，的士司機色心一起便忘記了行規，不斷透過倒後鏡偷窺女乘客，過了幾個街口，正巧街燈壞了，路上非常昏暗，的士司機又從倒後鏡望住那女乘客時，竟然見到一個不斷在掉爛肉的女人！司機當堂嚇得翻車，傷勢非常嚴重，結果住了整整一個月醫院，最後更因創傷後遺症而不能再駕駛的士，生計大受影響！

你以為是無稽之談？但你難道沒有聽過的士司機撞鬼的故事嗎？他們大多都是因為不遵守禁忌，因此才會撞上陰間的靈體！

醫護被鬼纏

醫院一向都是陰陰森森的場地，容易聚集鬼魂，而且醫護人員要照顧病人，手下全是人命，自然有很多禁忌要遵守，不為意犯下禁忌，小心被鬼纏！

醫護行業中有個「移屍不叫名字」的禁忌，但有人卻曾經打破禁忌，結果被剛過身的鬼點相，死纏不休，要他幫忙完成未了的心願……

1. 移屍不叫名字

當醫院有人死去時，醫護人員會將屍體移去另一張床，移屍過程中，絕對不可以叫任何人的名字。這是因為人死後，四肢及五官等各種身體機能都會慢慢停下來，而聽覺是最後才停頓的。萬一死者心願未了，很有可能會記下最後聽到的名字，變成鬼魂後便會要求那人替他完成心願。所以為免受鬼魂滋擾，還是少說話多做事。

2. 禁吃芒果

不能吃芒果，吃了就讓你忙（芒）翻天。

3. 把死者床墊底面反轉

病人過世後，醫護人員通常會將床墊床面反轉，除了要用紫外光消毒外，將床墊翻轉，據說也能夠轉走死亡的惡運。

4. 隨身帶備利器

醫護人員遇鬼時，要立刻將制服整理好，並擺出一副專業、正氣的形象，讓鬼怪知難而退。此外，據説鬼十分怕利器的響聲，所以醫護人員會把小剪刀等利器放在身上，以備不時之需，假使真的遇到鬼，就會把利器拋到地上，把鬼嚇走。

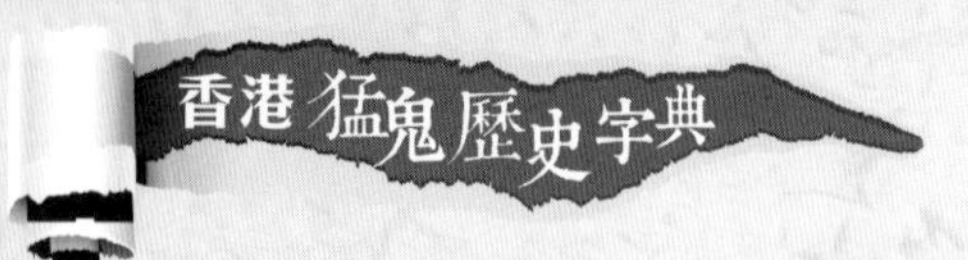

盂蘭節禁忌

相傳中國農曆七月是鬼節的月份，七月初一更是「鬼門關」開啟的「大日子」，無數鬼魂湧到陽間，陽間因此會成為它們的散心地，陰氣衝天。每年鬼節期間，傳統習俗會在路邊預備祭品來安撫鬼魂的，祈望它們飲飽食醉及收了衣錢財物之後，安守本份不要在陽間搞事。但人有善惡之分，鬼亦有！你不會知道有沒有因犯禁而惹到它們，隨時死咗都唔知咩事！有見及此，以下將會為你們詳解盂蘭節禁忌，避免惹鬼上身！

鬼節絕不能做的事

講起燒街衣，必須注意以下禁忌不要觸犯，以免惹怒鬼魂而不自知：

1. 忌回頭看

燒街衣時，會有很多遊魂野鬼來接收，萬一你時運低望到靈體，它們又望到你，可能會纏住你不放。據聞，有一個小孩跟媽媽去燒街衣時，回頭望到一位沒有腳的女人向他微笑，之後幾晚連續不斷夢見那個女人在床邊向著他微笑。他向媽媽說出這件事後，媽媽立即找廟祝唸經和燒「日腳衣」驅鬼，小孩才不再見到女鬼。

2. 忌腳踢街衣

一個人無聊地在街上踱步，踢吓汽水罐和石頭打發時間就無所謂，但用腳踢剩下的灰燼就可大可小！因為據說鬼魂就在街衣變成灰燼後才去執拾，你用腳踢的話如同阻住它們搵食，等如挑釁，隨時會惹怒它們。不過，如果你只是無心之失，不小心踢到的話，衷心說句對不起，它們不會怪責你的。

3. 刮起怪風也要繼續

燒街衣期間，如中途忽然刮起大風，而這種風是由下迴旋而上的話，切勿弄熄火種，還要不斷加入紙錢，讓衣紙燒得越旺越好，這股怪風代表有很多靈體爭相前來接收紙錢。其實，燒衣能積德，有越多鬼接收，就等如你積德越多，大家不用害怕。

4. 在十字路口燒衣

如果想積德達至最佳效果，最好在十字路口燒衣，因為據説十字路口最能聚集四方靈氣，令更多遊魂野鬼接收你所燒之物。

5. 忌帶祭品回家

燒完衣後，即使有用剩的祭品，全部都要棄置垃圾桶，切勿帶回家，以免有鬼魂跟你回家。

6. 忌燒破衣紙

在鐵筒內燃燒街衣時，為了讓火燒得均勻一點，很多人會用鐵枝挪動衣紙，但挪動的動作不要太大，以免弄破衣紙。最後，待街衣全部燒完才好離開。

鬼節一定要注意的事

鬼節夜行必知禁忌鬼節期間，夜晚 10 點至第二朝早上 6 點是陰氣比較重的時段，大家要盡量避免出街。雖説鬼節不應出門，但在今天的社會，有哪個打工仔不用加班？難道以鬼節為由向上司申請豁免加班？現今打工仔經常要加班，捱到夜晚 9 點 10 點才下班一點也不出奇，如果撞上鬼節，深宵返家有甚麼要注意的地方？

1. 忌行樓梯邊

很多舊式唐樓都沒有升降機，住客要行樓梯返家。但樓梯位置易聚集靈體，行樓梯隨時撞鬼！惟有盡量避免沿扶手或靠牆邊走，改行中間，咁就可以減低遇上靈體的機會。

2. 忌落沙灘游水

夏日炎炎，消暑妙法當然是去沙灘游水啦！不過農曆七月就要小心，皆因不少葬身於大海的鬼魂會趁鬼門關大開而上水面搵替身，所以，鬼節最好少游泳，特別係夜晚最好咪落水！

3. 忌到墳場廟宇

人所共知，墳場是靈體的集中地。除此之外，廟宇也是靈體愛到的地方，農曆七月亦要避免踏足。

4. 忌拉埋天窗

結婚擺喜酒、嬰兒擺滿月酒等喜慶事情都盡可能避免在鬼節期間舉行。

5. 忌家居裝修

農曆七月盡可能避免進行家居裝修，如果由 6 月份已經開始裝修，最好在鬼節前完工。

6. 忌穿紅黑衣服

穿紅、黑色衣服容易招惹靈體，應要避免。農曆七月鬼節期間，可穿上黃、白色衫，因略似符咒的顏色，有辟邪作用。

7. 忌搬屋

鬼節不宜搬屋，即使遇上收樓或者租約期滿等問題，亦避免選擇踏正農曆七月十四前後五日內搬遷。

8. 忌落酒吧或卡拉 OK

一般環境比較陰暗地方，例如酒吧、卡拉 OK 等都盡量避免唔好去，因為農曆七月最容易聚集靈體。

9. 忌外遊搭飛機

農曆七月較容易發生交通意外，出外旅遊等應該避免，亦最好少搭飛機。

10. 忌拔腳毛

俗話說：「一根腳毛，管 3 隻鬼」，所以腳毛越多的人，鬼越不敢靠近！

11. 忌坐第一排

每逢農歷 7 月，民間會有眾多盂蘭盛會，如燒街衣、演神功戲、慈善團體派平安米等，是社區民眾一年一度的盛事。其中神功戲係做畀靈體欣賞的，大家千祈唔好爭坐第一排，皆因早已被靈體預訂了……

12. 忌晚上曬衣服

鬼節期間，要提早收衫，否則一到晚上，靈體覺得你的衣服好看，它就會借去穿，順便在衣服上留下它的味道……

13. 忌喊人家的名字

與朋友在晚上逛街時，千萬不要叫出朋友的名字，也不要讓朋友直呼自己的名字，盡量以代號相稱，例如「肥仔」、「高佬」等，以免被靈體記住你的名字。

14. 忌靠牆而行

在街上走路時，不要靠牆而行，因為靈體喜歡依附在冰涼的牆上休息，你太貼牆邊，它們很容易上你身。

15. 忌撿路邊的錢

貪字除了得個貧，還會惹禍上身！地上執到寶，不一定是好事！如果大家在鬼節時在街上見到錢，不要貪心據為己有，以為發橫財，筆者怕你無命享！因為這些錢可能是靈體用來買通牛頭馬面的，你拿了它們的錢，壞了它們的好事，自然會向你算帳！

16. 忌輕易回頭

當走在荒郊野外或人煙稀少的地方時，覺得「好像」有人叫你，不要輕易回頭，那可能是靈體……

17. 忌勾肩搭背

人的身上有 3 把火，頭頂一把，左右肩膀各一把，只要滅了其中 1 把，就很容易被靈體上身！因此，在鬼節與友人逛街，並肩而行即可，不要搭著對方的膊頭！

18. 忌拖鞋頭朝床的方向擺

靈體會看鞋頭的方向來判斷生人在哪裡，如果鞋頭朝床頭擺，那麼靈體就會上床和你一起睡……

19. 忌筷子豎插在飯中央

吃飯時，切忌貪玩把筷子插在飯中央，因這是拜祭的模式，就好比香插在香爐上，此舉只會招來靈體與你分享食物……

20. 忌晚上拍照

在鬼節期間，忌晚上拍照，因此舉動容易將靈界的朋友一起拍進來，然後跟你回家……

21. 忌玩碟仙

玩碟仙容易招惹靈體，更何況在鬼節？想玩命乎？

22. 忌吹口哨

男士請注意：周街吹口哨撩女仔，最多被人話「痴線」！但在鬼節切勿口痕吹口哨，女性靈體會以為你在挑逗它，看中你就知死！

鬼節忌去夜街的六種人

要在鬼節期間停止一切晚間娛樂唔去街，又真的很有難度，不過，如果你是以下其中一類人，就一定要收心養性留在家中啦！

1. 孕婦

整個鬼月，孕婦都不宜去夜街，尤其是晚上 10 點後，因為孕婦胎兒具先天陽氣，易與陰氣相衝。

2. 犯太歲者

因流年與太歲犯了「刑、衝、破、害」，而令「抗衰運」的能量減弱，因此最好迴避。

3. 額頭下巴呈晦暗氣色者

額頭、下巴呈晦暗黑氣代表時運低，容易被邪靈侵害。

4. 失意人

如失戀、失業、破產等都屬於失運之人，較易撞邪。

5. 飲酒人士

飲酒後神志較迷糊，特別醉酒的人士，易被靈體干擾。

6. 精神病患者

精神病患者因思緒混亂，容易被鬼魂入侵，造成行為失控。

猛鬼回魂夜

所謂「回魂夜」，相傳死者赴地府前因思念家人，其靈魂會於去世後第 9 日至 18 日，由鬼差及祖先相伴回家。按死者的年齡、性別、死亡的日期和時間，可推算出亡魂會在甚麼時間回家。

在回魂夜當日，家屬會在死者故居的客廳擺放一桌飯菜，象徵亡魂在上路前宴客道別。飯菜通常包括燒鴨、齋菜以及去殼的熟鴨蛋。若亡魂曾回來，鴨蛋的表面會留下亡魂的印記。

招錯鬼魂，女兒險賠命

有關回魂夜的禁忌不少，最嚴重的莫過於自己懶叻計錯回魂夜的日子，以致招錯遊魂野鬼入屋！據説，曾經有人為了節省金錢，竟然不孝到沒有請師傅計算亡父的回魂夜，直接以網上計算回魂夜的版本作參考。結果，那名不孝子不但計錯了時辰，更誤請了一隻中年女鬼入屋！

到他發現時，女鬼已把他的居所當作自己的家，在屋內弄得猶如陰間一樣，不願離開。他的女兒更被鬼迷，臉上被女鬼畫上了衣紮婢女的妝，當上了女鬼的婢女，受女鬼差遣！他最後要請一名有多年道行的師傅到家裡，花了好幾天才能收服那隻女鬼。為了一點錢，他之後不但破了更大筆的財，更差點害女兒賠了命，終生成為女鬼的婢女！

對先人不敬遭教訓

又有傳，曾有 4 個人在回魂夜當晚怕悶，提議打麻雀。他們玩到西風時，正好是先人回魂的時辰。當他們一開牌時，每人手上都有一隻西……

更邪門的是，坐西位的人居然第一個打出了雙番西，之後北位的人明明想打旁邊的筒子，卻好像鬼遮眼一樣打錯了西！接下來兩人的手也好像被抓著一樣，兩人也打出了一隻西！此時，西位的人突然望向對家後方，如瘋子一般的抓著自己的頭髮，不斷放聲尖叫，失控倒地。對方回頭一看，發現牛頭馬面和先人就站在自己後方，一臉怒容瞪著他們！

4 人馬上逃跑，想跑出屋但開不到門，只好在屋內一邊跑一邊不斷道歉，過了近 10 分鐘，牛頭馬面和先人才不再追上來……

唔想死就不要犯禁

除了這兩個例子外，其實回魂夜的禁忌還有很多！一旦好像上述人士一樣犯禁，你們不知道會不會像他們一樣那麼幸運，執返條命。

回魂夜的禁忌如下：

- 選用即棄的餐具杯碟和白色膠枱布，之後全部棄掉。
- 準備 3 杯酒水，3 杯酒水無特別指定是米酒白酒，可以擺放先人生前喜愛的酒類（例如紅酒）。
- 一定要在桌上準備餸菜，餸菜數目一般為 5 個，當然亦可以包括先人喜愛的東西，葷或者齋都可以，需要視乎先人生前的習慣或喜好，但一定不可以有牛肉和馬肉出現。因為回魂夜當晚牛頭馬面將先人帶回來，如果有牛肉和馬肉實屬不敬。

▲ **放牛肉和馬肉，不尊重牛頭馬面！**

- 回魂時份，後人親屬應留在房間不應觀看，以示另一種尊敬先人的方式，亦表示不希望先人眷戀陽間。
- 家屬要於十一時前睡覺，並將硬幣、剪刀或利器放於床頭。到早上起床後，親屬應先把硬幣、剪刀或利器拋到大廳裡才踏出房門，避免牛頭馬面仍停留於屋內。
- 過分的喧嘩很不尊重死者，因此在回魂當晚不能相約朋友在家裡唱卡啦 OK、打麻雀等！
- 如見到任何昆蟲飛入屋內，不能打死牠們，因為這昆蟲很大可能附有先人的魂魄。
- 回魂夜的日子應由有道行的師傅計算，不應自行計算，以免請錯「人」入屋，分分鐘招惹到遊魂野鬼。

拜祭禁忌

所謂香煙通達神明，為了表達自己的誠心，可是燒香亦有所禁忌！凡人為求神明聽到自己所求，必須遵守禁止，否則即使再誠心拜祭，神明亦可能聽不到你所求所想，無法達成心願！

▲ 原來燒香都有禁忌……

就好像一名太太一直向觀音求子，可是多年仍未有所獲，後來幸得高人指點，跟足禁忌，每每誠心上香時都舉香至胸中，再舉至頭，令觀音可聽到她的請求，不出 3 個月便得償所願，求得胎兒。

故燒香亦要遵循以下禁忌：

1. 上香時，左足先踏出，不能回顧。
2. 拈香時宜左手在外，右手在內。因為左手為大，而右手為小。左手亦有潔淨之意，右手則由於需處理百事，容易沾上污穢，不應在內。
3. 舉香時雙手平舉至胸口，或雙手平舉至頭，以使心意傳達到天關，通天達地，傳給神明先人。

4. 祀神祭鬼時，焚香有別。為敬神而焚香者，由於奇數為尊，故此焚香時多為 1 支、3 支等！至於敬神燃香，幾炷各有含意：
    a. 燃香 1 支，代表一心，象徵一心虔敬、一心向道。
    b. 燃香 3 支，一者象徵皈依 3 清 3 寶，一者代表天地人 3 才 3 界。
    c. 燃香 5 支，象微 5 方，代表遍召請東、南、西、北、中 5 方，多用於求財、尋人。
    d. 燃香 7 支，象徵北斗，代表北斗七星，多用於延壽、散禍。
    e. 燃香 9 支，祭祀九幽遊魂！
5. 安香於爐時，以左手插香。
6. 燃香前要記得先洗乾淨雙手。

影相禁忌

出外旅遊前一直要小心，不要亂影相，否則會帶來不幸！因為自古流傳，影相有機會把別人的靈魂、元神攝走！此外，靈體原來也很喜歡拍照的……

亂咁影相影著鬼

話說只有 8 歲的豪仔，因為身體差經常入院治療。母親為怕他無聊，便送他一部傻瓜機，每天陪著他在醫院四處拍照，結果曬出來的照片都有一個老男人低著頭，站在照片正中的位置。可是，母親從沒有見過這個老男人，總覺得照片有點邪門。但儘管如此，她害怕豪仔失望，只好把照片帶給豪仔。沒想到豪仔居然說他專門為那個老人拍照，又指著房間一角說：「媽咪，伯伯不就是在這裡嗎？」

母親看向角落，結果甚麼東西也沒有……

或者看完上面的故事，大家拍照時都會謹慎一點，以免拍出有鬼魂存在的照片！喜歡行到邊影到邊的你要注意，以下有些禁忌，大家要好好牢記，切勿犯禁！

1. 擺放過屍體的地方因長期不見光，陰氣極重，不宜拍照。
2. 破爛屋屋頂——一些心願了的遊魂，都喜歡依附在此。
3. 冷凍庫或酒庫常有醉酒鬼（生前因中酒毒而死）流連，它們神智不清，更特別喜歡作弄人，在拍照時常會看到它們裝鬼臉的樣子。
4. 女廁鏡子十分危險，因為女性本身屬陰，加上鏡子可以照出一些陰邪之物，使人受嚇。

5. 扶手電梯或樓梯長期都會有等待替身的鬼魂遊蕩，它們會設法把人推落去，以便找替身。
6. 古鄉的水通常比較陰邪，因為水有通靈作用，而古鄉歷史悠久，新舊亡魂容易聚集，故此拍到鬼魂的機會極大。
7. 不能隨便坐著拍照留念，隨時拍到鬼。
8. 不要與千年老樹、百年老屋合影，除了拍到鬼外，還可能會拍到妖精......
9. 不要在夜間對著鏡子拍照，鏡子屬陰性，容易招陰。
10. 清明節時不少人去掃墓，一些人會與過世親人的墓碑合影，可是一個不小心拍攝到其他先人的墓地時，會招來惡果。
11. 孕婦、小孩不能在陰氣很重的地方照相，比如醫院、墳場、殯儀館、屠宰場、少人居住的空屋、僻靜的屋苑等。除了胎兒會受影響外，孕婦和小孩的體質也容易吸引到靈體埋身。
12. 不要拍攝電梯內的天花板，因為據說很多死後的靈魂喜歡站在電梯頂上遊蕩。
13. 不要與有遠久歷史的衣物、家居合影。像是一些人到故宮玩，往往趁工作人員不注意，偷偷溜進去坐在皇上或大臣用過的椅子上拍照，甚至還想上龍床拍照、穿上太監穿過的衣衫拍照。這樣分分鐘會拍到鬼，更可能被鬼纏身......
14. 小心拍攝不含頭部的人體照片，因為這樣易招惹陰魂附體，你在照片上可能看到其他「人」的頭......
15. 夜遊時最好不要亂影相，否則靈體會隨時與你合照！

酒店撞邪怪談

一般酒店旅館都有幾十年至幾百年的歷史，見盡幾許滄桑，歷盡幾代人的生與死，許多眷戀塵世的靈體都會停留在此！大家在入住酒店旅館時，要小心犯禁！

好像幾年前，Amy 和男朋友跟團去了泰國旅行。他們兩人被安排到該層的尾房入住，兩人入到房看到有一本攤開了的聖經放在茶几上，居然不知這就是代表房間有鬼！

他們繼續待在房內，Amy 更還手多多，伸手去翻聖經！結果到晚上，房間內不斷傳來詭異的敲打聲、求救聲，電視還突然開啟，他們更隱約看到在沙發上有幾個白影看電視！他們嚇得衝到導遊房，導遊馬上安排他們轉房，他們才能好好睡一晚。

Amy 和男朋友就是犯了禁忌，令靈體誤以為他們要霸佔了它們的空間，才現身教訓他們！到底兩人犯了甚麼禁忌呢？

看看下方，你會找到答案……

1. 睡覺前忌張開窗簾

玻璃易招來陰界之物，所以睡覺前窗簾一定要拉上，以免半夜看到窗外有「人」望著你……

2. 避免床頭對鏡

床正前方或正側邊不可有鏡照著，因入睡後，自己的靈魂會有「跳動」現象，可能被鏡中物嚇到。如果半夜去廁所，鏡中的反影都會令自己虛驚一場，以為室內有另一人……

3. 房裡見聖經要立即換

到東南亞國家旅遊，一旦看到房間任何地方放有一本聖經，千萬不要碰聖經，更應該馬上要求換房！因為房間內放有聖經代表著那間房有發生過靈異事件，房內的靈體不願離開，唯有靠聖經壓制那些靈體。

4. 忌住尾房

酒店尾房盡量不要住。因為依風水上來説，尾房由於陽氣弱、人氣不足，是鬼魅入侵的首要通道。另外，房間的窗外鄰近大樹或貼近另一座大廈，因長期讓房間處於幽暗，自然成了鬼魅聚集之所。

5. 忌睡在地上

一般來説，床有床母或床神，可保護床上的人並令人安心，只有死人才會躺在地上。因此在外住宿時，如果房內有床就最好睡在床上，不要睡在地上。

6. 入房前先敲 3 響

住進飯店房間前，最好先在房門前敲 3 響。走進房裡要説聲「唔好意思」，以表示尊重。如果該地方有靈體停留，它會知道你只是暫住，也不會騷擾你。

7. 佛像要向窗外

如果大家隨身攜有佛像，進入房間後，最好馬上將佛像懸掛於房內並朝窗外，因為向外的佛像可招佛，向內易招鬼，反而導致鬼事連連。

8. 門窗忌打開

入夜後，聽到門窗有聲的話不應立刻打開，因為鬼魅可藉一陣風或氣流趁虛而入，讓人整夜不得安寧。

9. 馬桶忌積穢氣

穢物、穢氣最容易招邪，所以上完廁所後，要立即沖淨馬桶並蓋上馬桶蓋。

10. 浴缸忌積水

在檢查房間期間，發現浴室浴缸有積水的話，那就應該提出換房要求，因為水面如鏡能變成鬼魅進出的大門，這個房間可能已經招了不少鬼進來！因此，在入住期間也不應整晚儲水在浴缸內。

另外，入睡前不妨開小燈，因為全黑的暗夜是邪靈顯形以及聚凝陰邪力量的最佳環境，一旦房內陽氣耗盡，自然怪事連連。

11. 衣物不應掛牆

單薄衣物不可隨意掛在牆上，所謂有形就有靈，飄忽不定的衣物易被鬼魅看中，附身在衣服上，自己也容易被嚇到。

12. 玩偶絕不外露

旅遊途中購買的玩偶不宜立刻拆開外露房中，因玩偶有人之形，外露房中容易被附上邪靈之氣，帶回家後，必引來許多麻煩。

誤租凶宅惹鬼上身

雖然現在租金昂貴，但樓價更貴！所以很多人會選擇租屋來住，想租樓的人要注意了，除了要揀間價錢平的屋來租，也要考量租屋的禁忌！

平租又點會好！

之前，有一戶人家就是貪某單位租金夠平，所以不經思量就拍板，但原來這個單位之所以咁平，就是因為近墳場，陰氣過盛而無人租住！而且他們租入的那一層樓數，竟然只有他們一個單位有人住！人少陰氣盛，又近墳場，自然陰上加陰。這家人住了不久，便發現家中的小孩時常自言自語，而且家宅不順，他們才知道中招，趕緊執包伏走人！

所謂便宜莫貪，凶宅俾你都唔好要！以下會為你講盡租屋的十大禁忌，之後揀樓時謹記要遵守以下禁忌！

1. 不貪便宜

低於市價的單位，必有其原因。如單位在風水上不利住客，或者曾經死過人，甚至是結構有問題，筆者建議大家便宜莫貪。

2. 不住舊屋

單位樓齡太舊，過去必承受太多人間怨氣，久住則易招邪。

3. 不見符紙

屋內如看見符紙，不理業主或經紀如何砌詞，最好都不要入住。

4. **不鄰病家**

若同屋住客中有久病或重病之人，最好都不要搬進去住，免得惹穢氣上身。

5. **不近廟神**

如屋內有神壇，或單位太近廟宮神祠，因為陰氣太重，都屬陰煞之地，最好避之則吉，否則輕則運勢低落，重則大病纏身。

6. **不靠墳場**

單位最好不要靠著墳場，最好要有一百公尺以上的距離。如屋宅四周人氣旺盛，倒還抵得住煞氣。但如果四周又荒無人煙，最好不要住進去為妙。

7. **不住暗宅**

屋宅太暗，容易招邪；如果白天開窗後屋內仍陰暗無光，這種單位屬陰氣過盛，陽氣不足，大家最好謝絕入住。

8. **不生邪念**

如果大家正在處於迷惘、失戀、情緒低潮時，最好不要去睇屋租屋，此刻你最容易撞鬼的。因此，時常保持心境開朗，才是辟邪保身之道。

9. **不住孤宅**

所謂孤宅，是指屋宅四周只有你一座樓宇；或者一棟大樓裡，只有你一戶人家；因人少陰氣盛，也不利於人住。

10. **不靠深山惡水**

租屋最好不要在深山惡水邊，因這些地方容易聚集死於非命的孤魂野鬼；就地勢來說，也是鬼氣勝過人氣，除非是一家人共住，否則單人獨住，易招邪靈！

招惹靈體的後果……

一般來説，整個出殯儀式的最後環節，就是送先人上路。有些家屬會在此程序進行時，按照民間習俗在靈車駛出殯儀館往墳場或火葬場途中，撒下一些溪錢及硬幣在地上，藉以為先人交「買路錢」，因為據説此舉可打發沿路上的靈體。

撒溪錢時要恭恭敬敬，不要出言冒犯，也不要拿來當玩具，否則惹怒死者時，再道歉也沒有用。

而在殯儀館附近地區，大家更不要抱著地上執到寶，問天問地攞唔到的心態，隨便亂拿地上的錢！有時地上執到「寶」，可能惹來周身蟻，招惹到靈體……

1. 臉接溪錢需回頭

但凡在路上看到靈車經過時，大家都一定要注意。一旦被靈車上的死者家拋出來的溪錢丟中臉或是身體部分，都應該馬上回頭走。這是代表大家沒心跟遊魂野鬼搶錢，令它們不纏著你！據有一些有道行的人稱，如果「咁好彩」真的臉接溪錢，回頭走更可以得到那名死者的保佑，之後會得到一筆橫財！

2. 撒溪錢作先人買路錢

大家在殯儀館附近的街道上，都不時會發現一些硬幣。千萬不要貪心拾起它們，因為這是「與鬼爭利」的行為，嚴重者更有機會招惹靈體。

與鬼爭食

家住九龍區某殯儀館附近舊樓的梁女士，其兒子就曾因誤拾地上的買路錢而惹禍上身……

由於她兒子就讀的小學也在居所附近，因此每天早上梁女士都會陪同兒子徒步上學，途中「必經之處」就正是殯儀館的正門。某天，她因為要參與公司的早會，便叫兒子自行上學。當晚她回家後卻發現兒子上吐下瀉，嚇得她不知如何是好，連忙召喚救護車將他送往醫院。經醫生診斷後，懷疑是小孩子因吃下不潔食物，所以感染了急性腸胃炎。

忽然上吐下瀉險死橫生

回家後，她便查問兒子究竟吃了甚麼，原來他下午時在街上買了些零食。梁女士非常奇怪，因為她認為兒子年紀太小，而從來不會給他零用錢，那為何他會有錢去買零食呢？在一輪追問下，兒子終於說出他今早在上學途中，在殯儀館附近的路上拾了一些硬幣，所以使用這些錢買零食。

梁女士聽後心頭一震，但亦沒有怪責躺在病榻上的兒子，而她亦不想在這個時候再說些嚇怕他的話，只是再三叮囑兒子別再這樣做。

但當晚梁女士心裡仍是忐忑不安，而且更輾轉反側，因她恐怕兒子是因為招惹到靈體，才會出現此情況。

惡鬼夜夜纏擾

在凌晨時分，梁女士突然聽到在鄰房的兒子大叫了一聲，她便急忙跑過去看看到底發生了甚麼事。只見小孩子正瑟縮在房間的一角，並指著窗外顫抖地說：「有鬼啊！」

梁女士望向窗戶，卻甚麼也看不見，於是她立即把兒子抱進懷中並加以安撫。可是小朋友卻哭說剛才見到一個叔叔從窗外把頭伸了進來，並望著他微笑。

這時，梁女士感到自己的膊頭被拍了一下，她也不敢回望，只是一直緊抱著兒子。過了一會，她又感到膊頭再被拍，這次她雖然也沒回頭，但卻因愛兒心切，鼓起勇氣大聲吼叫：「唔好蝦細路仔喎！夠膽你就出來搞我啦！」

說罷，一縷青煙從梁女士背後溜出，並飄到窗外，她連忙用手掩著兒子的雙眼，不讓他見到，以免他再次受驚。直至天亮時，她們母子二人才敢安心入睡。

雖然之後再也沒有任何事發生，梁女士也猜想這個鬼魂也只是想嚇一嚇他們，但自此以後梁女士的兒子不敢再隨便拾地上的零錢，總算買了一個教訓。

打麻雀惹邪靈

「小賭可以怡情，大賭可以亂性」相信人人都聽過這句話，可是有一種賭博玩意除了可以亂性外，更會招來邪靈，喪命於桌上，這就是麻雀！

由於麻雀本身就是陰邪之物，據聞古時製造麻雀的師傅在製作期間會把一個靈體困在麻雀內，只要製作師傅稍有分神，就會被麻雀的靈體所困！因此在大家玩麻雀時，實際上是把麻雀內的靈體釋放出來，它會根據玩家的運氣決定誰勝誰負。

因此，麻雀是一種很陰邪的玩意，唔想玩命就要緊遵禁忌，如果犯下以下禁忌，不但使人牌運奇差，更可能賠上性命……

不尊重麻雀易招鬼

很多人在玩麻雀時，不斷罵牌運差，又摔牌、發脾氣樣樣齊，結果到最後輸到一個仙都無！這就是緣於牌中靈體對玩家的態度不滿意，覺得玩家是在冒犯它，最後靈體會一直把爛牌發給牌品差的玩家，害他輸錢啦！更有指，當你發現「牌追人」時，只要你在心裡誠心道歉，牌運真的會好轉過來！

忌在漆黑環境玩麻雀

很多人都覺得奇怪，為甚麼就算在燈火通明的家裡及酒樓，還是要有一盞麻雀燈在枱邊，一直照著枱上的麻雀。

其實這是因為麻雀是不能在漆黑環境下進行的。正如上文所說，麻雀原本就是由靈體操控的遊戲。牌內的靈魂會令玩家沉迷在內，如果玩家在過黑的環境下去玩麻雀，分分鐘會被麻雀入面的靈魂攝入麻雀體內，成為它的替身！

為了不令玩家打雀麻時發生意外，麻雀燈的作用就如「浩天鏡」一樣，照著麻雀內的幽靈，令其不能出來作惡。而且玩家在打麻雀時，會吸引很多遊魂野鬼前來觀看。如在黑暗的環境下打雀麻，更有可能隨時見鬼。

曾經就是有一個女人，在跟朋友打牌時沒有開麻雀燈，結果她和一個雀友在打到西風時驚見身邊圍滿了一個個半透明的人，圍在她們，看著她們打牌，真是嚇餐死！

慎選打麻雀的地點

所有陰氣很重的地方都不宜作打麻雀，因為這些地方都會有大批遊魂野鬼，一開枱時就會吸引到它們過來。例如：

1. 接近墳場的地方
2. 殯儀館
3. 殮房
4. 陰暗的街道
5. 公路旁邊
6. 後巷
7. 荒廢的屋

打牌期間不應做的事

1. 不應在打麻雀前胡亂拜神及作任何通靈的行為
2. 不應在打麻雀期間突然將別人的死訊告訴其他雀友
3. 不應在打麻雀期間說靈異故事
4. 不應在打麻雀期間將視線望向麻雀枱以外的地方
5. 不應在打麻雀期間觀看陰暗的地方

絕不能出的牌章

1. 四人一同歸西

「四人歸西」是耳熟能詳的禁忌，如果大家與其他雀友一開牌時，手持西的話，那大家都不應把西牌打出來。萬一看到有一方打了出來，其他人亦不應跟牌打，以免出現連續打出 4 隻西牌的情況。

假如真的打了，就會出現「四人歸西」的效應。除了其他西牌外，大家亦不應在西牌打出後，打出一筒，以免出現「一同歸西」的情況……

據說幾年前，在台灣就有一群年輕人不信邪，4 人一起打出西後，更打出一筒，結果在幾天內 4 人相繼意外身亡……

2. 自摸十三么要小心

十三么是奇牌，大家都知道食十三么的人十分好彩，可是原來食十三么同樣也是最邪。

如果大家手上的十三么叫糊時，應該先冷靜，避免分神，以免陰靈附身。此外，如果你自摸十三么的話，更要考慮清楚才食糊！因為十三么本是邪牌，單是食一次十三么，就有可能令你運滯足一年，何況自摸即代表是牌中的靈體要你食糊，可能它當你是同類，才讓你食十三么……

3. 天糊、地糊不要吃

天糊是種極高難度的糊牌！傳說是由牌中的靈體來安排，就如自摸十三么一樣邪門！如非必要，大家不應食天糊。就算是地糊，大家都不應吃，因為這都是因牌中靈體控制你食糊，分分鐘還控制了出牌的人……

4. 西風未完不能走

很多人打麻雀打到西風，就已經知道自己的運氣差，決定停局走人。可是，原來沒有打完完整的一圈就走，會為大家帶來不幸，因此大家記緊打完北風才停局。

搬屋禁忌

當你準備高高興興入住新居時，千萬別忘了屋及搬入伙的禁忌！你也不希望花了一大筆錢入住新居後，卻事事不順，甚至慘遭橫禍！

如果你覺得搬進新居後諸事不順，那你就要留意是不是入伙時不小心誤中禁忌，以致頭頭碰著黑！

有人就是選擇夜晚才入伙，結果招入了陰邪之氣，令屋主三日唔埋兩日就入醫院，又或是家有白事，總之要幾黑就有幾黑！

你最近想搬屋了嗎？還不看以下禁忌，幫你趨吉避凶？

裝修動土擇吉日

無論是住宅、商舖或寫字樓，裝修、搬屋、入伙都要擇日，以求一切順利，避免意外，搬遷後出入平安，財運亨通。租客可看《通勝》，選擇以下的吉日：

宜選擇「天德、月德、合日、三合、六合、歲德、時德、天貴、金堂、福生、歲馬、生氣、麒麟、成日、開日」等吉日。

注意：勿取用與入住者生肖相沖的日子。

搬屋有禁忌

1. 忌在晚上搬屋，最好在天黑前將物品搬進屋內，免招惹陰邪之氣入新屋。
2. 忌有孕婦在搬屋現場，怕衝撞胎神。
3. 如果家有安神位包括祖先、地主，搬進去之前，最好先搬神位到新居。搬神位也要擇吉日良辰，有助新宅興旺，人口安康。
4. 很多人搬屋的時候，連舊家具及床一同搬去，若是買新床到新居，

最好先擇吉日安床。

5. 搬屋的時候，忌與人爭吵，也不要說些不吉利的說話。
6. 如請人幫忙搬屋，最好是屬雞或屬龍，取其「起家」和「龍鳳呈祥」之意。

新居入伙一定要做

1. 搬家前先將房子打掃一番，門窗打開兩、三天，使空氣流通，引進吉氣。
2. 新屋入伙前可先「拜四角」，意思是禮貌地向新屋的土地神明打個招呼。
3. 住過的舊屋或者是村屋，角位較為潮濕陰暗，在祭祀時，焚香燒衣有助驅走蛇蟲鼠蟻，消毒環境，或是趕走不潔的東西。

「拜四角」祭品如下：

1. 生果一個、花生一堆、糖果 5 粒及連皮毛的肥豬肉一小件。祭品擺放在大廳的四角及中央，合共 5 份，大廳中央要特別加放燒酒 3 杯。
2. 到紙札舖買一套四角衣，如單位較為陰暗潮濕，則要買多些溪錢、金銀元寶，天神衣及地主衣各一套，這樣可以燒旺家宅，除去霉氣。

入伙注意事項

搬入新屋的時候，俗稱「入伙」，以前較隆重，親朋戚友會到來慶祝一番，送上心意禮品祝賀，主人家大宴親朋好友，甚至會在門前放鞭炮，驅除妖邪，迎來吉氣。

現時大部分人一切從簡，會找搬屋公司將舊物品搬到新屋便算了。但即使一切從簡，以下的禁忌大家都不能忽視：

1. 搬入新屋的時候，忌兩手空空，如果沒有安神位，最好自己拿一桶米入屋，米桶內放兩封利是，代表搬入新屋後，大吉大利，豐衣足食。
2. 即使會買新碗筷，也要每人帶一套舊碗筷到新屋，以求家人衣食豐盈。
3. 入伙當日即使不在家裡開飯，但也要煲一煲滾水，開動風扇或冷氣機，寓意「風生水起」。
4. 如果有安神位或祖先，入屋後各人上香，以求得到神靈、祖先的庇佑。
5. 入伙當日避免爭吵，正所謂「家和萬事興」。
6. 如果入伙當日小朋友不小心打爛碗碟或其他物品，大人可以說一句：「落地開花，富貴榮華」。切勿責罰小朋友，若孩子哭哭啼啼，會影響家宅運。
7. 在新屋應用新掃把，勿再用舊屋的掃把。

喪禮切忌犯禁

有很多人都相信得失鬼神之説，因此，當面對死亡或死亡的儀式，總會有人抱著「不要犯禁忌」的心態。因為有例可依，每一個説錯的人，隨時連命都無！

亂説話，結果跟鬼「落去」……

有一次，某學校的一個女生被車撞死，同級的學生跟隨老師一同到殯儀館拜祭。一名十多歲的男生唔識死，在殯儀館上香時，竟然對著死者的遺照，説：「真係好靚女，那麼早死真的很浪費，我還未溝你呢！」

其他同學聽到後馬上大叫一聲「唨！」，更警告他不要再亂説，他也乖乖收口。隔了幾天，那個説錯話的男生臉色灰暗、精疲力盡的回到學校，説自己晚晚俾鬼壓床，更有幾次在半夢半醒間聽到一把女聲跟他説：「落嚟啦……落嚟陪我啦……」

▲ 在參加喪禮時亂講説話，隨時命都無！

同班同學都憶起他在殯儀館亂説話一事，馬上叫他下課後到死者的靈位拜祭，求對方放過自己，可是於事無補，就在男生拜祭完之後，在歸家途中遇上車禍，全架巴士就只有他一個人受傷，他更傷重死亡。據説，巴士上其他人都看到，那名男生在出意外前，座位旁邊有一名樣貌娟秀、面色蒼白的女子，在他遭遇車禍後好像憑空消失一樣，無影無蹤……

除了上述例子外，在出席喪禮時，還有很多事不能做！如果不想像那名男生一樣招來橫禍，以下還有一些喪禮的禁忌，讀者們要引以為誡！

1. 參加喪禮必須心懷正念，不亂想、亂說、亂看，不要對著死者照片說「好漂亮 / 英俊，死了真可惜」等說話。
2. 死者為大，不要在典禮中大聲說話、表現不莊重。
3. 不應說笑、說話不要輕浮，否則會得罪死者及死者家屬。
4. 在殯儀館裡，不可亂看其他靈堂的內部情況。
5. 注意穿著，不可穿花花綠綠或鮮豔衣服參加！
6. 參加喪禮時態度必須正經，不嘻皮笑臉！
7. 時運低的人不應去喪禮，如必須去的話，身上要有平安符。
8. 在蓋棺前會進行瞻仰遺容儀式，如果與死者的生肖相沖，需轉身迴避。
9. 包帛金一定要單數，如 101、1001 等。
10. 離開時切忌向家眷說再見，一起相約去葬禮的朋友也不要互相道別，民間傳說這樣不吉利，像是很快又會有相同的事情發生。
11. 要說去洗手間或廁所，不可說去化妝間（室），因為殯儀館內有一個的化妝室是專給死者用。

12. 參加喪禮可隨身帶紅包，袋裡裝些米跟鹽，米跟鹽有除煞功用，也可帶艾草避邪，喪禮後在回家途中丟到垃圾箱內。
13. 參加喪禮後，先去人多熱鬧的地方再回家，增強自己的陽氣！
14. 喪禮中所穿的衣服最好在回家前換掉。
15. 回家進門前用碌柚泡水擦拭全身。
16. 孕婦避免參加喪禮，如不得已須在腰部綁上紅布，避免沖煞到嬰兒。
17. 收到死者家屬派放的吉儀時，一定要在回家前用掉內裡的一元、吃掉糖果和使用過內裡的紙巾，不能帶回家。

靈異新聞

咪以為記者是鐵腳馬眼神仙肚，就可以天不怕地不怕！在前線採訪的記者原來有很多禁忌要遵守，他們都相信犯禁會為自己及採訪隊帶來不幸！其實，我們時常都會聽聞記者在採訪時不幸碰上靈異現象。

唔到你唔信！死者不想上鏡！

據聞，一位攝影記者在跳樓現場，打算拿攝影機拍攝時，鏡頭竟然立即出現雜訊，記者原以為是機器故障，但之後救護員趕到為死者蓋上白布後，攝影機又立即恢復可以拍攝！有前輩指，因為當時死者還未蓋上白布，或許死者並不希望別人看到他不完美的樣子，因此才阻礙攝影記者拍攝。

▲ 死者不想上鏡，竟令相機失靈！

記者忌拍攝死者樣貌之外，還有 8 大禁忌必定要遵守，不遵守的話，小心被靈體死纏不放！記者採訪必守禁忌：

1. 在現場不要拿死者的東西

一般記者都渴望取得獨家新聞，但在搜集資料時切勿越軌，如未經許可取走死者的東西如照片或飾物等。當然，警察拿走證物用來辦案不算在內。

如果記者手多多帶走死者的東西，可能惹起靈體震怒，還會死纏著他非物歸原主不可……

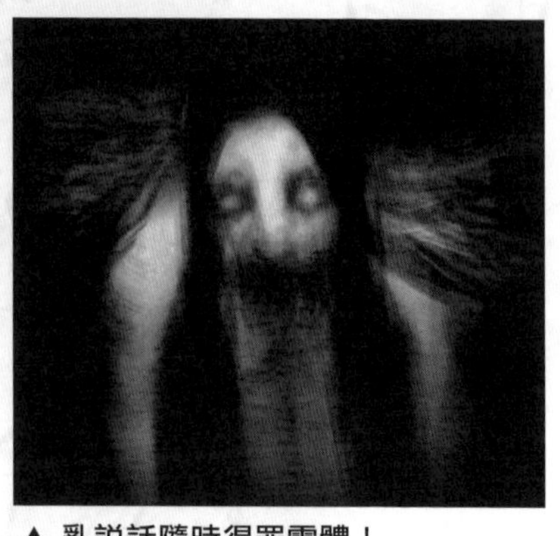
▲ 亂説話隨時得罪靈體！

2. 意外現場勿亂説話

通常死於非命的人都血跡斑斑，面目全非，記者去到意外現場採訪，千祈不要衝口而出説「好核突啊！」，此舉對死者是大不敬；又千萬不要説「咁靚仔(女)就死了真可惜」之類的説話，若死者是未婚的，它隨時會跟住你……

3. 帶吉的利是封

如果記者要到災難或命案現場採訪，最好帶個吉的利是封，採訪完把利是封放在公司，用以辟邪。

4. 與死者同性易上身

與死者同性的人會較容易被鬼上身，如果死者是位女性，採訪的女記者就要格外留意。

5. 忌直接叫死者名字

另外，到現場採訪很忌諱直接叫死者名字，或説「好可憐」之類的同情話語，因為死者若有冤屈，很可能會請你「幫忙」……

6. 忌站在床尾

此外，到病床採訪時，切記不要站在床尾旁邊，那是鬼魂容易上身之處，試過有記者就曾因此被鬼壓了一星期。

7. 穿沉色外套

其實，記者最好在辦公室準備一件黑色、白色或灰色的外套，採訪災難或凶殺新聞時要穿著，這場些合衣著非常重要，以示對死者和家屬的尊重。

8. 千萬不要叫名字

在意外現場，記者們盡量不要叫其他人的名字，萬一死者聽到可能會跟著他 / 她……

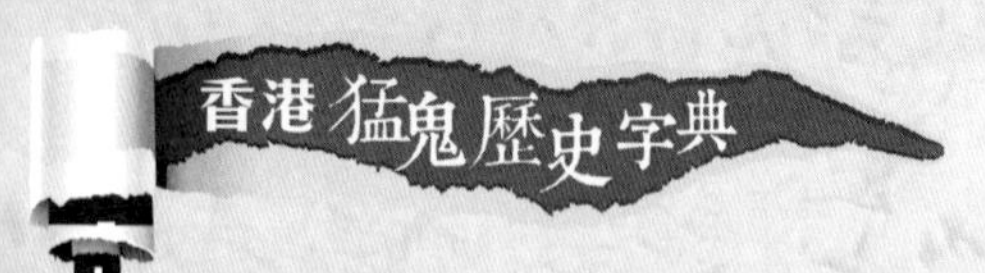

越來越重的棺材

在棺材舖裡賣棺材的人或四處為棺材舖找生意的營業員，我們都會俗稱他們為「棺材佬」。棺材佬因為職業緣故，要接觸很多屍體，身上會沾惹很多屍氣，如果不小心觸犯禁忌，隨時惹禍上身，甚至被靈體當成同類，拉埋你落地府！

做得呢行就要信邪！棺材佬有一個行規，就是忌在抬棺材時說「重」！

曾經有一個剛入職做棺材佬的年輕人，第一次跟師傅出葬，他幫手抬棺時不知忌諱，竟然一邊行一邊說「重」！結果他們越行，棺材竟然變得越來越重！棺材最後重得 4 個人也抬不起，最後要師傅出手，叫那年輕人對遺體道歉，棺材才變回原本重量。

這個只是禁忌之一，以下會為你講解更多棺材佬不得觸犯的禁忌！

1. 凶神惡煞的樣貌最吃香

據說，要勝任「棺材佬」一職，首先樣子要看起來像凶神惡煞，特別是眼神尖銳鋒利，眼眉毛粗糙又尖削，整副嘴臉具有一種能發出肅殺的氣勢。長得一臉煞氣，連孤魂野鬼都會退避三舍。

2. 忌戴帽及前額留蔭

在具備以上天生的樣貌後，棺材佬最好把他們的頭髮修剪成光頭或「四方頭」，而且不能戴帽子，大家可見棺材佬中十居其九都是光頭的。據說此髮型有「擋煞」的力量，因為沒有被髮絲遮掩的額頭和印堂會發亮，避免受到煞星侵犯。有資深棺材佬憶述，曾有一個職員經常戴鴨舌帽出入醫院的停屍房，他曾勸阻但對方不理會，結果有一天對方聲稱見鬼而嚇得魂飛魄散，隔天病倒後便不再上班，後來聽説這位青年遭遇離奇車禍喪命了。

3. 忌長時間留在棺材舖

棺材佬避免長時間在醫院停屍房及棺材舖逗留或睡覺，不然長期吸收屍氣，會使人精神不振，而產生面青唇白的「殭屍樣」。

4. 忌找年輕喃嘸佬

據説，曾有一個 20 餘歲的女子病死，死者家屬請來一位道行尚淺的年輕「喃嘸佬」為死者超渡。當幾位「棺材佬」為死者穿衣褲入棺時，正在唸經上香的「喃嘸佬」像是被死者的冤魂附身，突然語無倫次，精神恍惚，把眾人嚇壞。

後來其中一人找來了一位「拜神婆」替「喃嘸佬」驅魔，才化解了一場危機。有經驗的道士（喃嘸佬）定力夠，不會被「骯髒」的東西附身。

5. 忌弄傷屍體

棺材佬有時要替遺體穿衣褲（壽衣），但由於遺體變得僵硬，所以要對遺體説：「我來幫你穿衣，幫你扮靚靚，你要放鬆一點」。通常這句話説完後遺體就會全身鬆軟下來。

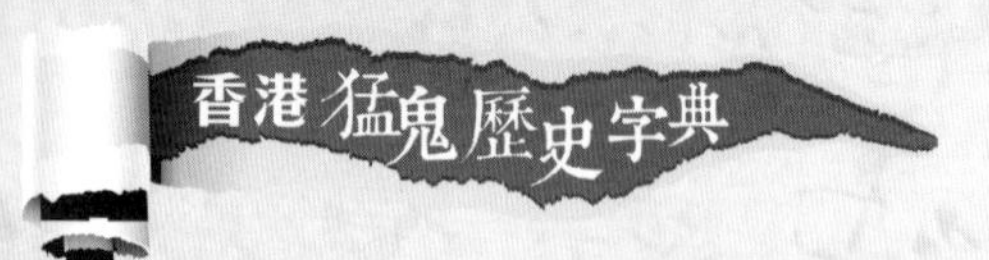

觸犯神明的惡果

通常做偏門行業的人大多會供奉神明以求庇祐，行內亦有很多禁忌，一旦犯禁，隨時惹禍上身！

亂咁踩背把命送

按摩技師是偏門行業的其中一種，女性按摩技師多信奉觀音，男性技師則多信奉關公，所以按摩技師們通常不會替背部有神明紋身的人踩背，試問平時一直保佑自己的神明，又怎可能踩得落去呢？

另外，按摩技師亦不會替孕婦踩背，尤其是那些懷孕初期未見肚之婦女，怕影響腹中胎兒之餘，亦怕會得罪胎神。

不得不信，曾經有個按摩技師阿紅，就是因為不小心觸犯了禁忌，結果頭頭碰著黑，最後更連份工都無埋！

話説一日，阿紅接了一個客，她原打算照常幫客人踩背，但阿紅發現對方背部紋了鍾馗這個驅鬼神，便用不太流利的廣東話跟對方説：「先生，唔好意思啊，我哋呢度唔可以幫背脊有神明紋身嘅客人踩背㗎⋯⋯」

但對方聽後非常不悦，更聲色俱厲地呼喝她，叫她立即踩背。

阿紅拗不過他，只得就範，被迫幫他踩背。

怎知道，這一踩就出事了！有次因客人被仇家尋仇時殃及池魚，無辜的阿紅慘被斬傷，傷癒不久，又遭好色的咸濕客人強姦！

慘況還未止！按摩店老闆覺得她陀衰家，最後更將她解僱，阿紅連份工都無埋！

陰邪廁所被鬼纏身

夜闌人靜，如果在街外人有三急，去廁所時都咪話唔驚！晚上公廁通常都份外恐怖，再加上地方幽暗，十分容易聚集靈體，一不小心觸犯禁忌，隨時惹禍上身！

曾經就有人不小心犯了夜晚如廁的禁忌，結果慘遭橫禍！

公廁竟滴血！

▲ 公廁一向是猛鬼陰地！

傳聞，有人去夜街走進公廁，正「解放」得非常暢快時，突然感覺得頸背後面有東西輕輕劃過。初時他都不為意，但怎知道一下、兩下、三下，感覺到不斷有東西劃過他的頸背，他不耐煩之下便用手去摸，怎知道竟然摸到濕濕滑滑的液體 ...... 他放下手來一看，竟然是鮮紅的血水！最後由於受驚過度，被人送入了精神病院！

如廁禁忌

但夜晚不如廁實在是強人所難，如果不想撞鬼，就一定要遵守以下禁忌，才可避免惹禍上身！

1. 夜晚去廁所時，如果感覺到脖子後面有東西輕輕地劃過，千萬不要用手去摸，否則你會摸到屬於靈界的東西。
2. 千萬不要看廁盆裡積水的倒影，因為此時水中倒影照出來的正是自己死去時的容貌！如果看見自己血肉模糊的模樣，豈不是代表自己不得好死？

3. 凌晨去廁所時切忌說粗口，因為會被一隻叫「攝青鬼」的惡靈附體，到時你就知死！
4. 大家是否有試過在深夜裡摸黑去廁所，明明是伸手不見 5 指，卻仍然能夠清清楚楚地看見自己的影子呢？又或者明明是一個燈火通明的地方，卻無論如何也找不到自己的影子？其實這都是靈體在作祟！但這些靈體多數是沒有惡意的，因為它們害怕人氣，於是就幻化成人的影子或把人的影子遮擋住。
5. 夜晚如廁時如果聽到有「人」跟你說話，甚至向你提問，你最好急步離開，而且千萬不要答話、不要搭訕！傳聞中，某大學學生在深夜如廁的時候，總是聽見有人在低聲哭泣，出於好奇便問對方發生了甚麼事情，對方會停止了哭泣，輕輕地問道：「紅的還是白的？」據說這個情況一定不能回答，因為無論回答甚麼，回答的人都會慘遭不測！假如回答紅的，就會頭頂流血，渾身被鮮紅的血液浸成紅色，然後抽搐而死；如果回答白色，那麼體內的血液就會被抽乾，全身慘白，痛苦地死去！

陰陽眼撞鬼傳聞

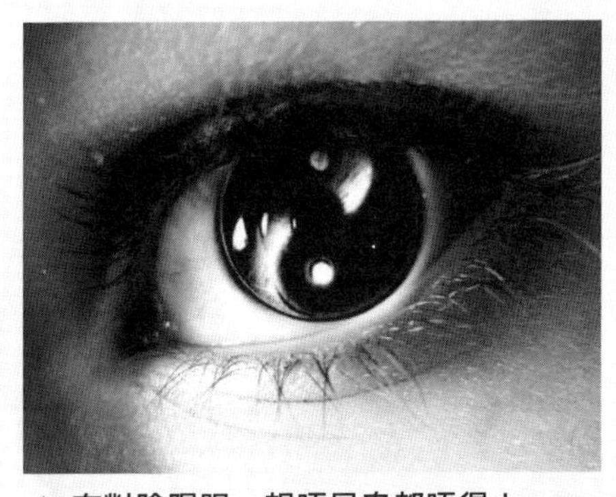

▲ 有對陰陽眼，想唔見鬼都唔得！

如果你天生有陰陽眼，時常會見到一些普通人看不見的東西，那麼你要小心了！因為靈異體質的人很容易招惹陰邪的靈體，如果不小心犯禁很容易被鬼招去魂魄，慘被當成替身！

曾經有一個體質容易撞鬼的女孩子，就是沒有留意行夜街的避忌，不幸撞到污糟嘢，更慘被鬼追！

獨自夜行撞鬼

有天晚上，這位女子回家時經過一條行人隧道，那時候已經凌晨1、2 點，當時隧道沒有人，當她在隧道中一轉彎，沒料到竟見到前方有一個著紅衫的女人撐著一把紅色的雨傘走來！

她嚇了一跳，但表面上仍然不動聲息，低著頭越過那女人。但她越行越覺得有人在後跟著她，她眼尾往後瞄一瞄，赫然見到那個女人就跟在她背後，更只有 3 步的距離！她大驚之下不斷急步走，想撇開那女人，但無論她怎樣跑，那女人仍然緊貼住她！最後跑到一間廟入面，那紅衣女人才沒有再跟住她！

教你避開猛鬼

別以為只是咁啱唔好運先會撞鬼，易撞鬼的人很容易成為遊魂野鬼的目標！唔想惹鬼，就要注意以下的禁忌：

1. 深夜時份，如果看見有人撐著傘，特別是紅色的傘，就要小心了。因為這種人不是精神有問題就是靈體，而後者的可能性居多。尤其在行人隧道見到這種「人」，你最好袋穩平安符或開光佛像來擋煞。
2. 如果你做夢時夢到有陌生人跟你說話，不要隨便答話，因為你說的每一句話都可能會為你帶來災難，特別是對方要求你跟他走，更不要答應，因為你可能因此「長眠不起」！
3. 大興土木時，如果挖出骨甕、骨灰盅之類的東西，千萬不要隨便丟棄，因為你已經驚動了它們，這時一定要燒香拜祭一下，再把這些東西送往寺廟。此外，如果挖到青磚，之後也要進行撒米的驅鬼儀式，因為青磚是古代墓室多數會用到的材料。
4. 晚上不要隨便上尾班巴士，傳聞這是鬼差專用的交通工具。
5. 在有命案發生的現場，如果看見有外形奇怪的車，千萬不要因為好奇而去窺探，更不要靠得太近，不然一個不小心會被鬼差當成死者的靈魂，把你勾走。
6. 夜晚在路邊如果看見有女人或者小孩在暗角裡陰森地哭叫，千萬不要上前去安慰，因為很大可能「它們」就是鬼！
7. 如果午夜 12 點正接到電話，切記不要一拿起電話就說話，要搞清楚對方是誰後再開聲說話。據聞有些靈體最喜歡 12 點的時候打出電話，如果你不幸被揀中了，不要在電話裡作出任何承諾或者是說和時間有關的事，因為那個時間可能就是你的死期。

8. 晚上一個人最好不要搭 Lift，特別是裝滿鏡子的電梯，傳聞陰靈最喜歡躲在電梯的鏡子裡。
9. 最好不要在家中收藏古董，因為每一個古老的器物都有可能藏著前主人的怨氣，如果你想半夜起來為鬼魂伸冤，又或是替它們完成 生前未完成的遺願，那你就儘管收藏吧！
10. 給孩子買甚麼玩具都好，就是不要買人形娃娃，特別是日本或泰國的人偶娃娃，因為這種東西都很邪，很多撞鬼的故事都是跟娃娃有關！

亂放鏡子害死人！

我們會經常使用鏡子來整理儀容，但原來在中國傳統中，鏡乃不祥之物，因為鏡是一件十分陰寒的物件，在風水學的角度來看，鏡更有一種肅殺之氣，容易與人的氣數相沖。

亂咁擺鏡害死你

有一個古老傳説，人們認為鏡可以吸走人的靈魂，如果你不小心打爛鏡，那麼你便會丟失部分靈魂而行足七年霉運！以前，如果家有白事的話，家屬便會用布覆蓋全屋鏡和反光平面，令死者的靈魂可以自由走動，而不會被吸入鏡中。

正正因為鏡是不祥之物，所以大家要小心遵守擺放鏡子的禁忌，以免犯禁遭受橫禍！

1. 鏡忌照床

人在睡覺時，是最放鬆、最沒有戒心的時候，如果半夜起來被鏡中的影像所嚇到，會傷到元神的！另外，鏡子照床也容易讓夫婦翻臉，助長另一半有外遇的可能性。

2. 鏡忌照房門

鏡子不能對著房門，因為鏡有鏡神，每個門也有所屬的門神，如果鏡子對著門，會嚇走平日保護我們的門神。

3. 鏡忌照大門

鏡子不要照著大門，否則讓門神和財神一起被鏡神嚇跑，是阻擋財神之意。如果是做生意的，則會入不敷支。

4. 鏡忌照爐灶

這種情況會產生鏡神和灶神對沖，容易讓家中的成員身體出現病痛，女性易有婦女病，男性則較暴躁，常無緣無故發脾氣。

5. 鏡忌照神明

鏡子如對正神枱，不僅對神明大不敬，還會造成沖煞，讓原本駐守在家中保佑你們的神明，因鏡子產生的煞氣而急急離開。

6. 鏡忌照書桌

鏡子容易讓書房內讀書的人分心，另外，主宰文昌的文昌帝君也不喜歡小孩一邊看鏡子一邊讀書。

7. 財位忌放鏡子

客廳內財位不可擺鏡子，以免財神因鏡神而被反射彈開。一般來説，客廳的財位是大門進來的左右對角處。另外，鏡子也最好也不要嵌在客廳的天花板上，因為這會讓坐在客廳的人耗氣、耗財。

8. 鏡忌照廁所門

鏡子面對廁所門，夫婦容易鑽牛角尖，易生口角，並且讓家中的男性性功能減弱，女性則易有婦女病。

9. 門忌懸八卦鏡

大門外上方放八卦鏡，這會讓住在你對面的鄰居認為你把不好的磁場反射給他，破壞彼此關係。另外，在房屋買賣時，買家會以為你屋企有煞氣，減低購買意慾。

升降機密室邪靈

處於陰暗幽閉的升降機內，不知是心理因素或是真的猛鬼，很多人撞鬼的地方都是發生於升降機中！傳聞升降機是靈體最容易出沒的地方，一個唔覺意犯禁，隨時被靈體當成替身，連命都無！

愛美唔愛命

據聞，有位愛美的女士獨個兒在升降機時，不斷對著升降機的鏡面化妝，突然，她眼尾見到身後站著一個「人」！她立刻轉頭一看，卻又不見人影！她以為是自己的心理作用，便不再理會，繼續化妝，怎知道沒多久——她竟然從鏡中又見到那個人影！

她不再夠膽望鏡，她在心裡不斷祈禱，希望升降機可以盡快到達！在她心急如焚之下，升降機終於到達地下，她沒等升降機門完全開啟便衝了出去！自此以後她搭升降機再也不敢四圍張望，怕會遇到污糟嘢！

升降機禁忌

搭升降機時怕犯禁惹禍上身？立即為你詳談搭升降機禁忌！

1. 現代電梯都是採用不鏽鋼，表面光亮，尤其在夜裡單獨乘坐的時候，切記不要呆呆凝視自己的影像，據傳持續 5 秒以上，會見到可怕的東西......
2. 不要在電梯裡照鏡子化妝，否則，很快從鏡子裡看到背後有「另一個人」......

3. 門打開了，如果你發現裡面站著一個低著頭的陌生人，你千萬不要走進去。對方雖然低著頭，但眼睛可能正在凝視著你，因為這就是靈體......
4. 當你一個人在電梯裡的時候，你發現走進來的一個陌生人，神情呆滯卻死瞪著你，你最好馬上離開，這個即是不是鬼，也是神經病患者！
5. 如果搭升降機時，突然有人問你現在幾點了，你千萬不要告訴他，據說那就是你的死期。找個借口說沒帶錶或者說錶停了吧！
6. 如果和一個陌生人站在電梯裡，記住千萬不要站在那個人的身後或者被那個人站在你的身後，你應該與那個人並排，原來不管是惡鬼還是惡人都喜歡從背後或者面前來襲擊人，惟有並排而站時最難下手。
7. 如果升降機門打開，裡面有一雙鞋，千萬不要走進去，據說鬼就站在那裡，只是你看不到而已。
8. 如果單獨乘坐升降機時遇到停電，千萬不要慌張，只要冷靜地按下呼叫按鈕等待救援即可。如果突然聽到有人問你升降機有幾個人，千萬不要說一個人，因為你根本不知道電話對面那個是誰。
9. 如果升降機門並不在正確位置開啟，而是只露出一半，不要貿然爬出去，你應該按下呼叫按鈕等待救援，據說在你爬出升降機的過程中，升降機會突然掉落或上升，把你活活擠死。

碟仙

邪靈篇

很多人去睇相，都喜歡問自己幾時有拖拍、幾時結婚、幾時事業有成，有些人更大膽，會問自己有幾多歲命。但諗深一層，點解要咁問？如果答案是你尚有30年命，值得高興啊！但如果答案是話你明天會死，你今天將如何度過呢？係咪唔知好過知？

碟仙恐怖怪談

曾玩過碟仙的 Joanna 憶述，當時她參加了學校的「師兄師姐計劃」，專責輔導剛升讀中一的新生。開學不久，中一級就掀起了一股「碟仙熱」，眼看師弟師妹們沉迷玩碟仙，曾經因為玩碟仙而差點沒命的 Joanna 氣到爆肺，拍枱拍櫈地大罵師弟師妹們。

無知的新生們見到這個師姐說起碟仙就失去儀態，「談仙色變」，還大發脾氣大聲怒吼，個個都嚇到呆了。

事緣 Joanna 和幾個同學曾在文具店買了一張碟仙紙，就到慧慧的家裡。剛好是天黑了，他們聽說靈體不喜歡光線，於是關了全屋的燈，只燃點了一支白蠟燭，放在餐桌上，舖設了碟仙紙，把一隻細碟碗放在中間，Joanna 等人把右手食、中指按在碟底凹位上。

碟仙貼中試題

Joanna 先問：「碟仙呀碟仙，請問你知不知道我姓甚麼呢？」

話說間，窗外突然吹來陣陣陰風，燭光搖晃著，Joanna 的手指按著碟，竟受到一股神秘的力量推動著。很奇怪的，碟的箭咀停下時，剛好指著「姓」、「甘」。答對了！3 個人又喜又驚，之後 Joanna、詩敏和慧慧問了很多問題，包括考試測驗的題目，就連第二天班主任會穿甚麼顏色的裙，碟仙通通猜中！

十分準確的對答，太神奇了。

之後，3 人都沉迷著玩碟仙這個玩意，她們都相信「碟仙」有神奇力量，甚至測驗的題目，也給猜中。

一天，她們在街上購物，遇見了一位尼姑，她說她們 3 人印堂上有黑氣，是被邪靈附上了，今晚邪靈會對她們不利，她們不相信。

不如我同你冥婚呀

這晚，Joanna 等朋友如常的到慧慧的家中玩碟仙，碟仙這晚也非常準確，她們很盡興。想回家之際，碟和紙竟然冒起一縷白煙，一個男形的物體升起來！3 人驚得擁抱在一起，一陣幽幽的聲音說：「Joanna、詩敏、慧慧，我和妳們相處了幾天，我很喜歡詩敏，詩敏是我前生的妻子，我很想她下來陪我哦！」

詩敏大哭起來：「你是鬼，我仲咁細個，還有爸媽，唔可以啊！」

鬼影冒出索命

男鬼聽了，就表現得很憤怒，於是化成一團鬼影，弄得家裡的雜物飛來飛去，她們雖然擁抱在一起，但被那男鬼夾硬的扯開，各人臉上有被摑了幾掌的赤痛，而詩敏自己則握著自己的脖子，痛苦的掙扎著，Joanna 和慧慧想行前救她，但雙腳被鬼抓著，動也不能動。

此時，大門被一陣風打開了，尼姑逕直走進來，口中喃喃的唸著佛經，手中拿著塵拂，放在碟和紙上，說：「人鬼殊途，你冒認是她的前世丈夫，真大膽！你還是回去吧，不可搞亂了人間的秩序，你以後不得再來！」塵拂觸到碟和紙上，一道 5 色火光把它燒得灰飛煙滅，一道慘叫聲過後和誦佛經聲過後，一切歸於平靜。

幸得尼姑救命

原來救她們的尼姑，本身有通靈本領，她說：「碟仙是被一些邪靈附上的，大半是遊魂野鬼，都是不懷好意的，最好不要惹他們。如果給上了身，可能有殺身之禍。有些鬼魂會冒充是你們的前世親友、夫妻或家人，令你們不忍心把它趕走，結果陷阱越踩越深，不能自拔。今天你們好彩給我遇上，見你們死到臨頭都唔知驚，才斗膽尾隨跟著你們，及時化解危機，以後未必咁好彩啦，你們不要再玩碟仙啦！」

自此之後，大家再不敢玩「碟仙」了。

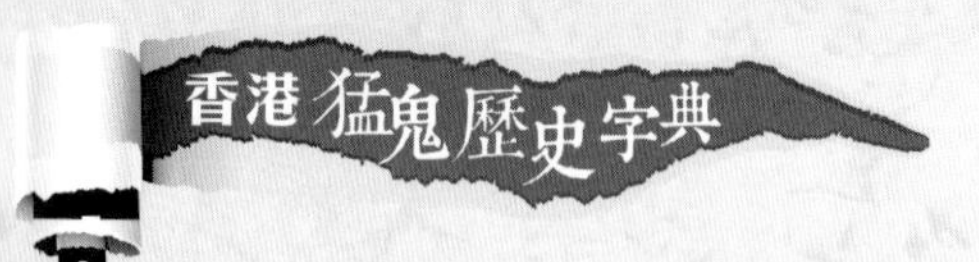

睇相死亡預告

很多人去睇相，都喜歡問自己幾時有拖拍、幾時結婚、幾時事業有成，有些人更大膽，會問自己有幾多歲命。但諗深一層，點解要咁問？如果答案是你尚有 30 年命，值得高興啊！但如果答案是話你明天會死，你今天將如何度過呢？係咪唔知好過知？

週五的晚上特別多節目，一般自修室都沒人來。

阿琴與另外四個一同來自修的同學玩碟仙。

他們把桌子拼合起來，然後將自修室的燈關掉，再點了一支蠟燭，最後在白紙上畫上幾個大圈。由於其中一個同學「靈性」特強，可充當「靈媒」。這位「靈媒」的工作，除了右手和其他人一樣要指按碟外，左手還要握筆以便寫下碟仙所帶來的「信息」。

請碟仙的時候，大家都閉上了眼，一致喃喃唸道：「碟仙請出來……碟仙請出來……」如此認真的唸著，不禁會令人有滑稽之感，於是大家都想笑。就這樣在半認真的情況下唸了 5 分鐘，碟子還是一點反應都沒有，大家開始有了「不如放棄」的想法。

然而就在大家想拿開手指的一刻，自修室內的環境似乎變得不同，溫度驟降，突如其來的寒氣纏繞著每個人的頸項。

碟子，毫無預兆地輕輕浮起。大家的眼睛還是閉著。但他們都知道在場的每一個人，都實實在在的感到碟子的異動。儘管沒有宣之於口，也沒法看到別人的表情，大家心裡所想的都是同一件事──「它來了！」

他們都興奮起來。女生玩占卜，向來比較關心自身愛情。一女生問：「碟仙、碟仙，我會嫁一個甚麼樣的人？」

靈媒握著筆的是左手，要寫出字來本來是相當困難的。此時卻似有人掌控著筆、帶著他寫，雖然他根本不清楚筆在白紙上寫的是甚麼字。接著其他人陸續問一些無關痛癢的問題。而阿琴當時問的是自己會不會考上大學，而到了最後，「靈媒」竟毫不避忌的問：「我甚麼時候會死？」問完後，大家唸唸有辭的送走碟仙。

送走碟仙後，大家可以睜開眼，看看紙上寫的是甚麼。

對應著第一個女生的問題，圈裡寫的是一個「你」字。

阿琴的問題所得的答案，是一個「會」字。

不過最令人感到心寒的，是對應「靈媒」那個「我甚麼時候會死」問題的答案所寫的，是一個「死」字！

這時，突如其來的一陣怪風，一下子把蠟燭吹熄了。

真詭異！

大家不安而散。

事後，阿琴問大家後來有沒有怪事發生，怎料聽到了一件極其可怕的事：「……那個負責做記錄的『靈媒』在考試完後突發心臟病死了……」

墳場挑戰鬼魂的下場

阿基對靈界的事物很感興趣，有小鬼王的稱號，平日喜歡約一班志同道合的朋友去靈探，或者玩碟仙銀仙之類。這天，阿基吃了豹子膽，和幾個唔識死的朋友，竟然跑到去墳場玩碟仙！

結果，換來終生抱憾……

抵達墳場之前，剛好有一位老伯經過，他問：「你們這班人去哪兒啊？那邊甚麼也沒有，很危險啊！」老伯道。

「不！我們是玩野外定向的，來野外訓練的。」阿基佯稱道。

「哦！但我都是勸你們不要去了，那兒實在很偏僻的，萬一有劫匪便大件事了！」老伯道。

「你放心吧，我們有足夠裝備了。」阿基說。

「唔……如你們有事，便由這邊走過來我村求助吧。不過，你們都是小心一點好。很久沒有人到過那兒，也要小心不要誤踏村民的祖墳啊！不要弄爛弄污，否則這些老村民是不好惹的。」老伯說。

阿基他們點過頭及道謝後，便再進發，老伯也搖搖頭回到村內了。

小路很多雜草，應很久沒有人到來，除了一些祖墳有人行過來拜祭外，其他都是高高的草地遍野，間中也有見一些金塔在路邊，也有一些破墳。

到達目的地，已是差不多黃昏了，阿基他們隨即開始打點一切，及巡視四週環境拍照。屋子很殘破，但看來結構都安全，蟲蟻一定有了，四週散著一陣霉味。

屋中只餘下一小部份經已殘破的傢俬，有一個空置了的神櫃，門口也有一個遺下的土地牌，四週都是蜘蛛網及塵埃，幸好有一張比較正常的木檯在大廳中。

「這裡是今晚玩碟仙的好地方！！我們快來準備吧！」阿基興高采烈說。

其他發燒友當然也一應而和，並開始佈置地方。

靜待黑夜來臨……

他們在屋外的小石屎地來個小野火會，也閒聊各人的靈異經歷，好不熱鬧，不過當中有一位朋友阿當，就因為感冒剛癒，精神欠佳，但為了靈探，他仍堅持到來。

到了凌晨 12 點，他們便開始在屋內四週燒香插香，因為阿基相信要招碟仙，一定要用香來引路，跟著他們便除下所有護身物品，一同到那木枱上，打開碟仙紙及放上小碟，開始玩碟仙。

「碟仙碟仙，請你上來……。」眾人不斷唸這句説話。

跟著一陣陰寒之感在他們四處出現，不過他們都習慣了，並不感一回事。

「來了！來了！」阿明說。

小碟開始有反應，眾人也有針刺的感覺。他們對這見怪不怪，因為很多次玩也是這樣。跟著他們也是問一些普通問題，當然有的很準，但也有答案令人摸不著頭腦。

「好了，碟仙碟仙，請你歸位吧！」眾人同說。

碟仙跟著便歸了位。

事後一放手，阿基説：「真有點悶，如果有更刺激就好了！」

「我都話啦！玩筆仙勁好多，碟仙！係咪真係咁勁啊？係就現身比我地睇下！有無 3 頭 6 臂？」阿李嬉笑道。

眾人嘻笑一輪後各自去睡了。

睡醒後發現自己被拖出屋外

第二天。

「你們為甚麼拖了我出屋外睡啊，想嚇唬我啊！」阿李怒沖沖地道。

眾人也在擦眼，魂也未回，阿李又再大叫問他們。

「阿李，大家都睡了，哪個會得閒拖你出去睡街邊啊？不要作弄我們啦！」眾人回應道。

「不！我沒有玩！我的確是睡了在門外，你看，你們還塞了泥沙在我嘴裡，他媽的！」阿李怒氣說。

雖然阿李真是很生氣，但心想，他們不會這麼無聊吧，而且為何口中有泥沙？他們不會如此過份吧？心中有點寒意升上來了。

眾人安慰了阿李，便收拾細軟，準備離開。但在一邊的阿當卻忽然軟癱下來。

「阿當！！阿當！」大家急叫著。

「身子很熱！他發燒了！！」阿明說。

「很多人很多人……」阿當迷糊叫著。

眾人合力抬了阿當出村口，再召喚十字車到來，又跑到那村中找人救命，在村口的老伯（昨天遇到的）拿了毛巾及一些藥物馬上前來。

天天高燒不退

老伯遞了他們兩顆退燒藥給阿當服用，也用濕毛巾敷在阿當的額上，等待救護人員到來。期間老伯也聽到阿當的迷糊說話，和他們細聲談論昨夜及今早的事。

「你們……是否去了那邊的廢屋啊？」老伯問。

「……是啊。」大家都不太敢作聲。

老伯搖搖頭，便說：「小朋友，你們可能招了大禍了……如他不退燒或有甚麼怪事，你們還是去找些師傅看看吧。」

聽這一言，眾人不禁害怕了，雖然繼續追問，但老伯只是回答愛莫能助，到救護車來到後，眾人道謝了老伯，便跟隨救護車及警車走了。

晚晚食泥

到底阿當怎麼了？阿李又為何遇上怪事？那老伯到底為何這樣告誡他們？

自那天後，阿基他們每天都有到醫院探望阿當，可是三天了，高燒仍是未退，阿當仍在半昏迷中。而阿李則更怪，他每天睡醒後，不知何故總有些泥沙在口中，也經常發惡夢，雖然他是不怕鬼的，但一連數天都是發同一個夢，也不禁令他有點心怯。

一星期了，阿當的病情仍是十分反覆，醫生也找不出原因，何故令阿當病得這麼奇怪？在阿當哥哥及父母軟硬兼施下，阿基才向他們說出真相。

由於阿當一家人是拜神的，得知後當然馬上找師傅查看究竟。

原來，阿當自那次露營後惹了不乾淨的東西回來，於是，師傅替阿當做法事驅邪護身。法事完畢後，阿當開始回復了神智，黑氣也消散了。

阿當清醒後，將事件一五一十說後，師傅認為，應是阿當因為有病在身，氣場較弱，加上又玩碟仙，便令靈體有機可乘入侵了身體，幸好他福大命大，否則也早歸天了。

阿當復原後立即致電給阿李，但怎也找不到他，初時阿李家人說阿李生病了，不方便交談。

思覺失調，精神病院度餘生

之後，在阿基他們苦苦追查下，阿李家人才説出原來阿李入了精神病院。自阿李去完露營回來後，每天經常説有泥沙在他口中，而且脾氣及運氣也極差，無故失掉工作，女朋友也分手等等，個人也開始經常自言自語，終日關在房間，早前更嘗試自殺，幸好家人發現及時阻止。經醫生診斷，他是得了思覺失調的精神病，經常有幻聽幻覺，致產生自殺念頭。

累得阿李有此下場，各人都很內疚……

凶殘鬼仔篇

想要在演藝界生存，除了工作表現外，個人的運氣也是最主要的關鍵，所以有不少藝人都會透過養鬼仔來吸人氣、吸錢，令自己的運勢變好。更有指有女藝人會透過養鬼仔迷著富商，令富商包養她們！

嬰靈半夜鬼敲牆

1996 年夏天，婷婷的外公重病入院，處於彌留之際，全家都守在他老人家左右服侍。在這段時間，怪事頻頻發生。

惡作劇？還是……

不知從哪一天開始，每天晚上 6、7 點左右，婷婷媽的住所就傳來敲門聲，可是每次開門，都不見人。

一開始，以為是小孩鬧著玩，有幾回婷婷哥哥專守著門口，一等敲門聲響起，立刻打開門追出去，可哪有人影啊？後來幾回哥哥與媽媽幾次守著防盜眼觀望究竟是誰那麼厲害，百玩不厭，本事又那麼大，可結果只有敲門聲在響，外面竟空無一人。

後來，事情發展得越來越恐怖，居然白天也響起了敲門聲，聲音也越來越響。

一回婷婷的丈夫去媽媽家送東西，那時是上午 9 點左右，他也真真切切地聽到了。

聲音越來越大，求救通靈師

持續了有近兩個月的時間，聲音發展到了像用重物在砸。最驚嚇的一次，在門的右下邊出現了一個非常清晰可見的小手印，令人毛骨悚然。婷婷媽以為是父親彌留之際靈魂出竅，回魂來作弄他們。可婷婷媽是最孝順父親的，想不明白為何老人家要來折騰她。有一回半夜，媽媽更突然覺得自己被緊緊卡著脖子無法呼吸……

鄰居認識一位通靈的人，商議過後，趕緊帶婷婷媽和哥哥過去請那位高人解決。那位通靈之人問了他們的地址，就向婷婷媽說惡作劇不是她父親做的，而是她的兒子幹的。婷婷媽當場否認，指著身旁的兒子說：「胡說，這就是我兒子啊，他不會這樣做的。」

高人搖頭：「是你的大兒子！」

婷婷媽當時就迷茫了，她確實之前有個兒子，但因為當年她身體不好，怕養不大，所以當時就沒要，做了人工流產手術。

死去兒子作祟，誓要重生

可是媽媽還是不明白，她那時近 50 歲，怎麼年紀都那麼大了，這孩子為甚麼還要來鬧呢？

接著高人請「大仔」來了，「大仔」附在了高人身上對話。高人與他商量不要再折騰婷婷媽了。

但「大仔」很殺氣騰騰地說：「為甚麼他們都能出世，我為甚麼不能出世？」

媽媽趕緊向「大仔」懺悔，請他原諒。可「大仔」甚麼都聽不進，說還要投胎做媽媽的兒子。大家都跟「大仔」講道理，告訴媽媽都一把年紀了，這是不可能的。可是「大仔」甚麼都聽不進，揚言要天天來鬧。

高人看勸不了，開壇作法，請了牛頭馬面把它帶回去看管起來，不許他再到婷婷媽家來鬧了。

藝人養鬼仔實錄

想要在演藝界生存，除了工作表現外，個人的運氣也是最主要的關鍵，所以有不少藝人都會透過養鬼仔來吸人氣、吸錢，令自己的運勢變好。更有指有女藝人會透過養鬼仔迷著富商，令富商包養她們！

養鬼仔綁著富商的心

早年香港有一名女藝人事業發展得很好，就在事業如日方中時她毅然單方面與公司解約，更馬上與一個富商同居，令人嘩然。

由於富商本來已有一個門當戶對的女朋友，卻突然愛上了這個女藝人，令人覺得整件事十分可疑，有傳那名女藝人用了養鬼仔這個方法迷惑了富商，更珠胎暗結，逼使富商與女朋友分手！

但兩人戀情也維持不久，之後那名女藝人與富商分手，有泰國黑巫師指出，這是因為她拒絕再供奉鬼仔所致！

三線演員靠鬼仔上位

在某大型電視台有一名三線演員一直無法「入屋」，演出的角色也只是路人甲乙丙，可是他在一套電視劇突然成為了第二男主角，形象更馬上入屋。坊間有傳，原來這是依靠了鬼仔之力！

傳聞中那名男演員在早年認識了香港出名的捉鬼師傅，一開始是向師傅請教如何用邪術令女朋友回心轉意，師傅借了一尊鬼仔像給他，讓他供奉鬼仔像，吸收人氣。

男演員把鬼仔像帶回家後，便用自己的血餵鬼仔。過了不久男演員竟突然得到了一個第二男主角的演出機會，更認識了新的女朋友。他事業愛情兩得意，更是名利兼收。由於他扮演多是正派角色，形象正面，很多公司都找他拍廣告，身家即時暴漲。

其後，捉鬼師傅想向那名演員取回鬼仔像時，那名演員訛稱那尊鬼仔像沒有用，他已經丟了，沒有東西可以還給師傅。師傅知道他在撒謊，實情是他天天用血供奉鬼仔像。師傅認為是時候請走鬼仔，否則演員遲早被鬼仔像反噬，演員並沒有聽取勸告，更換了電話號碼來避他。之後聽說那名演員因為對鬼仔像餵血過多，被鬼仔像的法力反噬，至今仍受鬼仔像操控！

女明星竟以鬼仔保婚姻？！

近年有一對藝人夫妻的婚變消息成為了城中熱話，不少人在茶餘飯後也會談論這件事，更一直傳出女藝人養鬼仔保婚姻的說法！

傳聞中指出，那名女藝人在丈夫單方面宣佈分開後，她就變得神神化化，並相信透過鬼仔和泰國邪術的法力，可以令老公回心轉意，重回自己身邊。所以她在分居以後，在屋內設了一間房作供奉鬼仔之用，又從泰國請來神像，放在客廳角落。

最可怕的是，那名女藝人更把鬼仔油抹在自己和兒子身上，希望透過邪力令老公和社會大眾對自己的好感度大增，以求事業、愛情兩得意！

這種方法成不成功無人知曉，可是聽說有不少演藝界的人指出，那名女藝人因鬼仔和屍油的法力下變得越來越神化，經常自言自語，又偶爾會望著空氣發出「嘻嘻嘻」般的笑聲……

台灣歌后借鬼仔屍油催旺人氣

台灣有一名歌后由出道現今，一直被傳出借養鬼仔及借屍油催旺人氣。

傳聞有指那名歌后在出道時已開始養鬼仔，又借來了屍油落降，不斷透過邪法來催旺人氣，果然出道不久即大受歡迎！可是在她想停止養鬼時，結果被鬼仔和屍油中的靈體控制及騷擾，並警告她不能停止供奉它們，否則它們就會詛咒她，讓她的運氣變差！結果，雖然她已是台灣最著名的歌后之一，但仍要不斷供奉它們。

更有指那名歌后多次請師傅為自己驅魔，但由於靈嬰的法力極大，至今仍沒有師傅能幫她脱離苦難！

驅魔實錄篇

被鬼上了身，大部分人歸咎於「時運低」、接觸過「邋遢的東西」但在「驅魔人」眼中，是因為人與邪靈之間有過交易，人得了好處，鬼就附在人身上取回其報酬。為了要自己刀槍不入而練神打、為求中六合彩而求鬼問神、為知吉凶而問米，這都是人鬼的交易。

學神打惹禍上身

「奉主耶穌基督的名問你，在阿堂體內的邪靈叫甚麼名字？」

傳道人用手指指著阿堂，幾位基督教會的弟兄姊妹則閉上雙目，手牽手圍成圓圈，阿堂也是其中一份子，大家唱著詩歌，集中力量來幫阿堂趕鬼。

「我是眾仙之首。」阿堂痛苦地講出來。

讀經時，阿堂頭部已不停向右轉，不情願地別過臉去，不想看那聖經。

「奉耶穌基督的名，趕眾仙之首到主耶穌基督要你去的地方！」

「我是眾仙之首。」阿堂不期然地猙獰笑著，顯然，這驅魔行動並未成功。眾人從未聽過阿堂如此恐怖的笑聲，也未聽過這邪靈的名稱。傳道人知道必須找出這邪靈的「身份」，才可驅走它，於是翻查有關道教的書籍，發現所謂「眾仙之首」原來是「玉皇大帝」。

「奉主耶穌基督的名，趕走阿堂體內的『玉皇大帝』，到主耶穌基督要你去的地方。」阿堂顫動一下，眼神立時溫和下來。驅魔行動這次有效。

此時，阿堂突然顯得很平靜，向傳道人表示他體內已沒有邪靈。但是，眾弟兄姊妹都認為他説謊，覺得他體內還有邪靈，其中一位姊妹，在腦海中還浮現樹林的圖畫。

「奉耶穌基督的名問你，在阿堂體內的邪靈叫甚麼名字？」

「齊天大聖孫悟空。」阿堂忽然倒在地下，痛苦地扭動著。

「奉耶穌基督的名綑綁齊天大聖孫悟空，趕齊天大聖孫悟空到主耶穌基督要你去的地方。」此時，阿堂體內的邪靈，始能全部趕走，回復常態。

為何阿堂體內有那麼多邪靈？

潛伏十年始發作

事情得從 10 年前説起，那時阿堂為了好奇，去學「神打」、玩「神功」，招惹鬼神上身，原來鬼神上身後，一直未離開過他的身體，潛伏十多年後才發作。

小學 5 年級時阿堂想知道「鬼」究竟是怎樣，便與幾位同學，跟一位師傅學習「神功」。那時，一旦請了「神」上身，可以刀槍不入，甚至用刀割身體，亦不流血。玩了幾次後，阿堂更可以將自己的靈魂抽離身體，看見自己用刀割身體，用錐刺自己，更可以看見四周靈界的鬼魂。

中二那年，一天是他當值日生，他拖地清潔，扭地拖時被一顆鐵釘插入掌心，鮮血直冒，情急下他用神功劃止血符，立時見效。

夜不能成眠怕結婚

直到阿堂長大後，開始真正基督徒的生活，但他越虔誠，發生的怪事就愈多。

年前，他與家人到中國大陸某溫泉遊玩，浸完溫泉後，滿身出現深紅色的血痕及拳頭印，全是以前玩「神功」的痕跡，他很害怕，害怕這些傷口會爆開流血。他回教會祈禱時，突然嘔吐大作，檢查身體又沒有不妥。

當他決定與一位基督徒結婚後，每晚都有「被鬼壓」的情形，像要把他的靈魂抽離到另外的空間，半夜醒來，不能入睡，甚至，他對訂下的結婚日期也感到不安，不願意在那日子結婚。這時，他才知道邪靈在騷擾他，於是，他向一位傳道人尋求協助。這位傳道人決定在阿堂動手術割頸部粉瘤前一晚，驅走他身上四隻邪靈，因為傳道人擔心邪靈會趁手術時騷擾他。

傳道人成功驅魔後，苦心勸戒阿堂以後不要再玩神打，也不要再接觸任何通靈的玩意。有許多靈體會冒認神仙，侵佔人的肉身，自以為有神仙護體，其實是鬼上身。若招惹比這次更凶惡的靈體，要驅趕就很困難了！阿堂亦表示「見過鬼怕黑」，以後不會再涉足靈界的事物。

末期病人鬼上身

桌面上的電話突然響了起來，正要下班的醫院職員黎修女立刻拿起電話，原來是樓上病房的護士打來，她們懷疑有一名骨癌末期的女病人，有「鬼上身」的跡象。全間醫院只有她一位修女，醫院內有甚麼神怪事，職員第一個想起就是黎修女。黎修女沒有驅鬼經驗，但面對危急的情況，她惟有頂硬上！

於是，黎修女獨自去看那女病人，她見那病人被綁在床上，手腳亂動，幾個護士都按不住她，只聽病人説她是另一個人。這病人説她是某某，許多年前死在這病床上，也是血癌病人，很喜歡她，要帶她下去地府。

▲ 鬼上身是否真有其事？

黎修女很害怕，叫它快走，但病人的眼神凶惡的瞪住黎修女，黎修女不由得心裡打冷顫，便奉耶穌基督的名趕走它。

起初，那鬼真的離開了，但過了幾天又來騷擾，沒多久那女病人就死了。黎修女表示，病人身體虛弱，精神疲憊，很易受靈體侵擾，她現正接受教會的驅鬼訓練，希望日後幫到更多鬼上身的病人。

佛祖也會上身

很多最後階段的病人，都會有混亂情況出現，通常身體都十分軟弱，力氣不大，容易被鬼上身。但未必個個失常都是鬼上身引起，有些人亂吃藥物如：興奮劑、啪丸仔、喝醉酒導致行為有異。

她在該醫院任職多年，見過不少「鬼上身」的個案，病人鬼上身後，會把自己當成觀音、佛祖、齊天大聖一樣，強調自己肩負使命，語無倫次，或有幻聽出現，如聽到佛祖、觀音、阿彌陀佛的指示等。有些內地人會話自己被毛澤東「上身」，甚至有人説自己聽到上帝要他去殺人等。

人鬼的交易

被鬼上了身，大部分人歸咎於「時運低」、接觸過「邋遢的東西」但在「驅魔人」眼中，是因為人與邪靈之間有過交易，人得了好處，鬼就附在人身上取回其報酬。為了要自己刀槍不入而練神打、為求中六合彩而求鬼問神、為知吉凶而問米，這都是人鬼的交易。

為驅鬼枉花幾十萬

May 數年前開始覺得鬼上身，到處求神問米，又請茅山師傅開壇捉鬼，喝了近百劑符水，花了近 10 萬元卻仍無起色。數年前開始鬼上身的頭 3 個月，May 睡不著，食不下，身體不斷消瘦。她說：「起初覺得身體總是感到周身不舒服，持續了幾年，連上班工作都無力，後來，我發覺我無法控制自己，明明不想拿東西，但又伸手去拿。」她家人初時以為她患了精神病，帶她去看醫生。後來見沒起色，又帶她去「問米」。原來 May 曾有一個未出生就夭折的哥哥，她這哥哥被「問米婆」請了上來，May 說：「那時我的情形很亂！又抓起刀砍人，又聽到有聲音跟我講，叫我跳樓自殺。」

因為 May 的神智混亂，她的家人又幫她到處「問米」拜神。亦曾向茅山師傅求助，開壇作法，飲符水等，家人已不停求神問鬼，差不多全港廟宇都拜過。

「家人為我花了不少錢，差不多十萬塊，每問一次米，每個香爐都要封利是，最少幾百，單是開壇作法都要幾千元。」May 說。

「每次搞完這些，我會好上兩日，但是跟著又從頭來過。」May 形容自己的感覺是痛苦和困擾。她說：「我是清醒的，但就是無法控制自己，也無法把我的情形告訴給家人知道。」

其後，May 經友人介紹開始每周返教會，由教會幫她驅魔。後來從中知道 May 在兩歲時，曾差點溺死，由於他們是水上人，May 母親情急之下，曾叫過天后幫助，天后要甚麼也答應。主要是因為這個「約誓」令 May 被鬼纏住。